Títulos publicados por la autora:

Intensa, 1ra edición (2023)

Siempre Luna Rosa, 1ra edición (2021), International Latino Books Awards (ILBA)

Aventuras de Ana: Sólo para adultos, 1ra edición (2020)

Cuentos de Ipagüima, 1ra edición (2019); 2da edición (2020)

Clímax (Cuentos para leer antes de dormir), Mel Gómez, 1ra edición (2019); 2da edición (2020); 3ra edición (2023)

María Estórpida, 1ra edición (2018); 2da edición (2020)

El árbol de los panties blancos, Mel Gómez, 1ra edición (2018); 2da edición (2020)

Título: Clímax (Cuentos para leer antes de dormir).
3ra Edición

Clímax

(Cuentos para leer antes de dormir).

MEL GÓMEZ

A Gabriel, D'Yanira y Ariana,

mis ojos negros,

mi continuidad sobre la tierra.

Clímax (Cuentos para leer antes de dormir), por Mel Gómez

Orgasmo mortal

No hay nada como fumar después del orgasmo... de venirse... de correrse... de acabar... de vaciarse... de darla... de llegar... de irse...

¡Te agarré! Suelto una bocanada.

Ahí estás con ella... Los dos muertos después del orgasmo... de venirse... de correrse... de acabar... de vaciarse... de darla... de llegar... y de irse al infierno para siempre.

En el despacho

Son las tres de la tarde. Genaro deja caer la cabeza sobre las manos, se las pasa por la frente estrujándose los ojos. Luego se pasa los dedos por el pelo, del frente hacia atrás. Suspira. Se siente agobiado. Mira a su alrededor y hay pilas y pilas de expedientes que parecen moverse a voluntad, del grupo de los trabajados al grupo de los por trabajar. Genaro está seguro de que ya había trabajado el de Martínez Perea, pero no, sigue ahí. «Ese caso es un dolor de cabeza», piensa.

Cierra los ojos, le arden. Se quita los anteojos y los limpia pensando que ve nublado porque están sucios. Se los coloca de nuevo, pero sigue viendo igual. Cierra los ojos de nuevo, los aprieta y de repente ve una imagen borrosa luego un relámpago. Algo así como cuando la imagen de un televisor tiene interferencia y escucha un zumbido, que le parece tan real. Frunce el ceño extrañado. Se queda quieto. No siente dolor ni ninguna molestia, sólo el olor inconfundible del pachulí. Abre los ojos, mira alrededor escudriñando cada rincón para ver si las empleadas han puesto alguna veladora, pero no hay nada que pueda despedir ese olor tan familiar. ¿Será el recuerdo del pachulí?

La secretaria abre la puerta sin tocar. Se molesta. La mira con ojos centelleantes, pero contesta con gran amabilidad a la pregunta que ella le hace. Se va. «¿Por qué, por qué no puede tocar la puerta?», se pregunta. Estira los brazos y la espalda y siente cuando le truenan. Vuelve a cerrar los ojos y de nuevo el olor, la imagen borrosa y el relámpago. Ahora el último dura más, el zumbido se escucha más alto, podría decirse que ensordecedor. Genaro se desmaya o al menos eso cree.

La imagen borrosa empieza a verse más clara, es una mulata con senos enormes. Son redondos con pezones oscuros y erectos que a él le dan deseos de chupar. Ella lo llama, le ofrece los pezones y le enseña la lengua moviéndola como hacen las serpientes. Él la mira cuando se pasa la lengua por los labios y vuelve a ofrecerle los pezones. Como está tan aturdido ante la visión no puede moverse, entonces ella se agarra las dos y se las pone en la cara. A Genaro le huele a mujer bañada en pachulí, siente su piel caliente y de nuevo el relámpago.

Abre los ojos, siente frío y su camisa está sudada. Se toca para saber si está despierto. Se levanta azorado y va a la puerta. La abre y mira hacia afuera: a la derecha y a la izquierda. Escucha al socio hablando en el teléfono. Las impresoras funcionando. Percibe el olor de esmalte de una de las secretarias arreglándose las uñas, sin ser vista. Decide no llamar a nadie. Cierra la puerta de nuevo y cuando mira hacia atrás ahí está la mulata. En vivo y a todo color. Está sentada sobre el escritorio con las piernas abiertas, llamándolo. Se sobresalta. No sabe qué hacer ni que decir. Si la secretaria vuelve a abrir la puerta sin tocar, ¿qué va a hacer?

Mira a la mulata y se recrea en lo que ve. Tiene el pelo largo, negro y rizado. La piel morena, pareja y sedosa. Los pechos monumentales, el vientre perfecto, las caderas rellenas, las piernas hermosas. Decide acercarse a la mujer consciente de que cualquiera puede entrar en cualquier momento. Siente que la cremallera le va a explotar, hace mucho que no tenía una erección como esta. La toca, se marea de gusto y siente el orgasmo. Mira a la mujer, a los ojos para agradecerle, pero los tiene vacíos. El siente que cae como en un precipicio dentro de ellos y se sumerge.

En el fin del mundo

Corría el año 2035. Los científicos habían advertido, décadas previas, al principio de este siglo, que el calentamiento global causaría estragos en el medio ambiente. El agua escasearía y también los alimentos si los gobiernos no tomaban medidas inmediatas para disminuir su impacto. La realidad era que el cambio climático no fue causado por la naturaleza, sino por la forma irresponsable en la que los humanos habíamos tratado al planeta. Ciudades enteras desaparecieron como consecuencia de huracanes, terremotos, inundaciones y tornados. La sequía estaba acabando con la vegetación, por lo que los animales tampoco tenían de comer. La supervivencia de la raza humana se encontraba en jaque.

Por causa de la escasez, se inició la guerra del 2025. Ya no se peleaba por el poder, los territorios o el petróleo como en las anteriores. Los hombres y mujeres se echaban a las calles, protestando por el hambre y la sed que estaban sufriendo. Los ricos miraban con horror como sus alacenas, otrora repletas de comestibles y agua embotellada, se encontraban vacías.

Mi esposo y yo comíamos en silencio. Devoramos a nuestro perro Samuel, porque estábamos cansados de alimentarnos con ratas y cucarachas. Bebíamos nuestros orines. No sé en qué estaría él, pero —yo pensaba que—, tan pronto se durmiera en la noche, lo destazaría para la cena de mañana. Cuando terminamos, nos levantamos despacio, sin decir una palabra. Él se fue a ver las noticias, yo a lavar los platos y cubiertos. Tomé un cuchillo con mucho filo. De momento, tuve nostalgia de los buenos tiempos, cuando éramos felices, íbamos al cine y luego a cenar. Lo solté avergonzada de mis pensamientos.

Desde la cocina escuchaba a la reportera. Más homicidios, robos, suicidios. La policía no daba abasto. La hambruna arropaba la tierra y no parecía que fuera a mejorar. Los chinos experimentaron con alimentos de laboratorio, sin éxito. Los billonarios que viajaron a otros planetas con la promesa de que iban a salvar la vida, también habían fracasado.

Estaba secándome las manos cuando mi esposo entró a la cocina. Traía un hacha en la mano. Sabía que cuando acabara de hartarse mi cuerpo, también se moriría de hambre. Cerré los ojos y sonreí burlona.

Egipto

Alondra contemplaba la idea de aceptar la invitación del egipcio para visitarlo en el Cairo. Se imaginaba caminando por sus calles polvorientas, gozando de sus museos históricos, mirando los dibujos en los que siempre las formas aparecían de lado, en los que por primera vez figuraban en el arte los gatos largos y estilizados. Se veía subiendo a sus pirámides milenarias, retratando la esfinge, montando a pelo el lomo de un camello, conociendo los hermosos jardines de Alejandría. Egipto, la cuna de la civilización. El país del Nilo, en cuyas orillas se afincaron las ciudades más antiguas del mundo. Y el egipcio la convidaba a conocer este místico país, sin que ella tuviera que poner un sólo céntimo.

Poco sabía del hombre, excepto que le enloquecían sus postales electrónicas y las fotografías que había compartido, en las que podía apreciar aquellos exóticos ojos negros de largas y espesas pestañas. Ella se debatía entre vivir el episodio más romántico de su vida, pero el más peligroso también. Sus amigos le habían prevenido que las gentes de esos lugares no eran de fiar, menos los que usaban esos sospechosos turbantes en los que se podía transportar todo tipo de objetos dañinos. Incluso le advirtieron que él podía secuestrarla, desapareciéndola para siempre de la faz de la tierra. Siempre alguien sabía de algún caso de alguna amiga de su amiga, en que había sucedido una desgracia en viajes a esa parte del mundo. Aun así, no consiguieron convencerla.

Lo que más inclinó la balanza de Alondra para lanzarse a esa dudosa aventura, fueron los sucesos que precedieron al encuentro entre ella y el egipcio. Conocía a Egipto por referencia. Estaba hechizada por lo que leía en los libros, en la revista *National Geographic y* el *History Channel,* desde que una vieja enjuta, de nariz aguileña con una verruga en la punta, le habló de su pasado mientras le leía su mano. Recordaba cada palabra de la anciana, dicha con aquella voz temblorosa y cadenciosa. Algo ya se imaginaba, pues desde niña se sentía superior a las demás y hasta en sus juegos le gustaba colocarse coronas en la cabeza. «¡¿En otra existencia fui una reina egipcia?! Eso explica todo. Nefertiti, una de las más hermosas», se repetía boquiabierta, como hipnotizada luego de la sesión de quiromancia. Desde entonces se había obsesionado con su remoto pasado, no sabía cuántas vidas atrás. Había devorado cuanta literatura le caía en sus manos sobre la legendaria reina, pero prefería la histórica con ilustraciones de la preciosa mujer, de ojos almendrados, nariz perfecta y labios voluptuosos. Se cortó el pelo al estilo Cleopatra, y cambió su maquillaje para incluir unos trazos de delineador negro en la parte de arriba y abajo de los ojos, que terminaban en las esquinas de afuera de las cejas como las que usaban sus antepasados, según ella.

Mohamed, así se llamaba el egipcio —como casi todos los musulmanes—, apareció un buen día en una página de la red y la contactó. Tan pronto supo sobre su procedencia, Alondra lo atiborró de preguntas sobre su pasada reencarnación. Necesitaba saber todo sobre Nefertiti. Que el hombre se comunicara no era una casualidad, estaba predestinado por los dioses para que ella supiera de dónde había venido. Por supuesto, ni le mencionó lo de la vieja hechicera. Sólo quería saber si él podía añadir conocimiento de primera mano a lo que ella ya sabía. Se hablaban en un inglés quebrado, el cual era el segundo idioma para ambos. Él le cambiaba el tema, enseñándole palabras de amor en arábigo, que la encendían de pies a cabeza. A ella su idioma le parecía conocido, aunque no entendía una palabra. Tal vez su memoria genética lo reconocía. Ese carraspeo al pronunciar la erre le era muy familiar. Por su parte, le enseñaba algunas palabras en español. Poco a poco fueron construyendo su propio idioma: una mezcla de inglés, español y arábigo.

Jairo era su cómplice para esta hazaña. Ambos eran inseparables desde la adolescencia y ella estaba segura de que era homosexual. No le había conocido novia jamás y se vestía prolijamente para cualquier ocasión. Sólo los *fashionistas* eran tan detallados y minuciosos en su cuidado. Combinado de la cabeza hasta los pies, el cabello perfecto, corto y en su lugar con fijador. La barba siempre acicalada, impecable. Ella le confiaba sus secretos más íntimos y él la escuchaba con paciencia. Sabía que aconsejarla era una pérdida de tiempo porque siempre hacía lo que le daba la real gana. Estaba acostumbrado a sus locuras y se reía de ellas. No era la primera vez que le servía de alcahuete. Como cuando estaban en el colegio y le ayudaba a mentir para salir de noche e ir a la discoteca, o la vez que se enamoró de un hombre casado y la ayudó a descubrirlo ante su esposa.

Jairo era incondicional. Había secado sus lágrimas muchas veces. Cuando Alondra le pidió que la llevara al aeropuerto, no pudo resistir pedirle que no lo hiciera, que era muy peligroso, que iría al otro lado del Atlántico a un país dónde no conocía nadie. Nada la hizo desistir. Estaba decidida a ir a la tierra de Nefertiti. Quizás estando en los lugares que la faraona solía recorrer, podría recordar algo de su vida pasada. Estaba segura de que, si veía o tocaba algún objeto de ella, se transportaría a la época en que reinó. Si no, entonces conocería al hombre de su vida. No lo pensó más. Hizo su maleta y anunció que se iba de viaje en la madrugada. Ignorando los consejos de todos, partió. En el camino, él se desvió de la ruta.

—¿A dónde vas, Jairo? —preguntó—. Te pasaste de la salida —dijo mirándolo.

Jairo fijó la vista en la carretera.

—No pasa nada —contestó.

—¡Jairo, llegaré tarde! —gritó ella viendo que él se alejaba más y más del camino al aeropuerto.

—Te llevaré a Egipto, mi querida Nefertiti —dijo.

Jairo se detuvo en un almacén vacío. Se bajó. Dio la vuelta al carro y abrió la puerta de su amiga. Ella se quedó mirándolo, algo en él no era igual. Por primera vez veía en los ojos de su amigo un destello malévolo.

—¿Qué hacemos aquí?

—Ven —dijo en tono impositivo, halándola del brazo con fuerza.

—¡No quiero! ¡Llévame al aeropuerto! —gritó nerviosa.

Jairo no tuvo paciencia y empezó a arrastrarla hacia adentro del edificio. Ella se tiró al suelo tratando de agarrarse de cualquier cosa. Él continuó halándola por las piernas. Sus manos se laceraron en el asfalto y sus uñas se quebraron. Sangraron hasta ponerse moradas. Jairo abrió la puerta de un empujón y la cerró luego de que Alondra estuvo adentro. Una vez allí la amarró.

—¿Qué vas a hacerme? —preguntó la adolorida mujer.

—¿Sabes amiga, nunca encontraron la tumba de Nefertiti?

—No, no sé nada de su historia. Iba a Egipto para saber —contestó con voz quebrantada por el miedo.

—Entonces esto será muy divertido —dijo Jairo buscando un gigantesco rollo de gasa que tenía escondido al lado de la puerta, riendo malévolo.

Calle Consuelo #411

Abro la puerta de la casa y un chirrido molestoso me hace volver atrás para verificar la dirección. Sí, es el 411 de la calle Consuelo. Vuelvo a entrar y las maderas del suelo casi se quiebran debajo de mis pies. Qué lugar tan extraño para una primera cita, pero después de seis meses de hablarnos en línea, ya no importa en dónde nos encontremos. ¡Tengo tanta ilusión!

Es curioso. Nunca pensé que en esos lugares de la red podría encontrar el amor. Si no hubiera sido por Rebeca, nunca lo hubiera hecho. Mi amiga tan querida. Fue ella la que me aconsejó que tratara. Siempre he sido tan tímida. Luego de varios intentos lo encontré a él. Es que se parecía a Clark Kent. Serio, moreno, alto. Sus anteojos lo hacían muy interesante. Enseguida que vi su foto me gustó. Su conversación era muy amena. Era tan inteligente, correcto y respetuoso. ¡Y era estudiante de medicina!

Ese olor… es penetrante. Como a desinfectante. ¿Dónde está él? ¿Por qué tarda tanto? Busco un interruptor para encender la luz, pero no lo encuentro. ¿Qué es esa sombra que pasó tan rápido por mi lado? ¡Qué susto! Me abraza por la espalda. ¿Estará jugando conmigo? ¡Se siente tan bien! Pero ¿qué hace? Está poniendo una toalla sobre mi cara. Me da sueño. Pierdo el sentido.

Despierto en una camilla de operaciones y él me está mirando muy serio. Siento miedo. Me siento mareada. Mi visión está borrosa. Veo órganos colgados en ganchos alrededor del cuarto. Un olor fétido inunda la habitación, como de sangre podrida. Él tiene algo así como una sierra eléctrica en su mano y la acerca a mi estómago. Siento terror y un dolor terrible mientras él va sacando de mi vientre mis órganos y mis tripas y se las va comiendo. Me desmayo.

No sé ni cuándo perdí mi vida.

Muerta de miedo

Imelda bajó la escalera sigilosa. Escuchó que alguien abrió la puerta de la parte de atrás. Tenía un miedo visceral, de esos que te enredan las tripas y dan ganas de vomitar. Llevaba en sus manos el Colt 45 que su esposo siempre tenía debajo de la almohada. Ningún vecino podía ver que alguien había entrado, pues un solar baldío colindaba con el patio de la casa. No estaba segura de que iba a hacer con el arma. No sabía disparar y se sentía incapaz de hacerlo. La sangre la aterraba. Se mareaba de sólo olerla: caliente, viscosa. Pensar que al herir a una persona el flujo encarnado se vertería a borbotones sobre su alfombra le daba... asco.

Tampoco se atrevía a encender las luces. Si alguien estaba allí, prefería no ver su rostro ni su figura. ¿Sería un hombre joven, de mediana edad o viejo? ¿Blanco, negro, latino o asiático? Mejor era no saber. ¡Qué falta le hacían los perros!

Desde que murieron su marido y los perros, no había reemplazado ni a uno ni a los otros.

En la oscuridad se movía despacio para no tropezar. Menos con el intruso. La sola idea de chocar con él le hacía temblar. Seguro que entró a robar y no le interesaba hacerle daño. Ahora se arrepentía de haber bajado. Quizás era mejor subir y esconderse. Tal vez el hombre no se había dado cuenta de que estaba allí. Subió la escalera despacio. De repente le asaltó un pensamiento. ¿Y si él había subido antes de que ella decidiera subir? ¿Si ya estaba en las habitaciones? ¿O qué si estaba en su cama? Se paralizó en medio de su ascenso por las escaleras. Prisionera. Eso era. Cautiva del extraño.

¿Y si venía a dañarla? ¿Si era un sádico malvado que le gustaba jugar con sus víctimas? Lo había leído en los periódicos. Algunos de esos enfermos les cortaban la piel, suavecito, mientras se masturbaban. Después, les mordían los pezones hasta arrancarlos de cuajo, entretanto las degollaban.

Imelda se desmayó al imaginarse mutilada.

Cuando volvió en sí, se vio a sí misma en la escalera con el Colt 45 descansando en su mano. Literalmente, muerta... De miedo.

El regreso

Todo comenzó cuando venía caminando de la escuela. Betty, mi mejor amiga, faltó ese día y tuve que regresar sola. Hacía mucho calor y la verdad es que me hacía falta ella. Solíamos platicar y reírnos por el camino. Nada parecía distinto ese día, pero por alguna razón me sentía asustada. No era la primera vez que venía sola. Un presentimiento me acompañaba y no me equivocaba. En un segundo, una camioneta se acercó. De ésta se bajaron dos hombres que me agarraron y me hicieron subir a la fuerza. El temor se había convertido en terror. Uno de los hombres me tapaba la boca y el otro iba amarrando mis manos y mis pies. En un impulso le mordí la mano al que me tapaba la boca y grité, pero enseguida me golpeó tan fuerte, que perdí el sentido.

Cuando desperté seguía en la camioneta. No se veía ninguna casa en el camino, por lo que me di cuenta de que nos dirigíamos a un paraje solitario. No sé cuánto tiempo habíamos viajado, pero sé que había sido bastante. Por primera vez pensé en mi pobre abuelita, preocupada, esperando por mí. Los hombres hablaban entre ellos, contentos de tener otra presa mientras yo luchaba por soltarme, inútilmente. Las lágrimas corrían por mis mejillas, temiendo lo peor.

Llegamos a una choza de madera. Uno de los hombres me arrastró hasta adentro. Una estufa de gas y unos cuantos cachivaches era todo lo que había en el lugar. Pregunté si podía ir al baño y ellos se empezaron a reír. Si quería mear tenía que hacerme encima, dijeron, porque no pensaban llevarme a la letrina afuera de la choza. No aguantaba más y humillada sentí correr por mis piernas los orines. Me miraron, burlándose. Entonces se fueron. Escuché que encendieron la camioneta, arrancaron violentamente haciendo un ruido ensordecedor. Luego siguió un tenebroso silencio. Allí, encogida en una esquina, sollozaba amargamente. No sabía cuál sería mi suerte. Decidí seguir luchando para soltarme, pero no lo lograba. Si me dejaban allí para siempre moriría sin duda, pero tampoco quería que regresaran. En aquel lugar lleno de telarañas, me iba poco a poco resignando a un final desastroso. Me acordé de mi padre y de mi madre. No había pensado en ellos por muchos años desde que murieron en un accidente cuando yo tenía tres. Solamente yo sobreviví, porque mi padre me había colocado con mucho cuidado, en un asiento protector en la parte de atrás de la camioneta.

Estaba oscureciendo, la choza estaba en penumbras. La camioneta se escuchó de nuevo. Mi respiración se detuvo. Un hombre entró como si esperara encontrar a alguien que le enfrentara. Me miró haciendo una señal con el dedo para que no hablara. Se acercó a mí, rápidamente soltó las cuerdas que me ataban y me sacó del lugar. Me subió al asiento trasero de su camioneta donde le estaba esperando una mujer que me saludó con cariño. Con mucho cuidado, él me aseguró el cinturón de seguridad. Encendió el vehículo y nos fuimos.

Desde el asiento de atrás, ya aliviada, miraba al infinito. La noche estaba clara, preñada de estrellas. A pesar de que ya no estaba en peligro, no le había agradecido al hombre que me hubiera rescatado. Tampoco le había dicho a dónde debía llevarme. Supuse que me llevaría a una delegación. La mujer miró hacia atrás y me sonrió dulcemente. Algo le dijo a él que hizo que también me mirara. De repente un grito salió de mi garganta.

—¡Cuidado, papá! ¡Un camión viene de frente!

Él volvió los ojos al camino y vio las luces que venían directamente hacia nosotros. Maniobró evitando el accidente. Cuando detuvo la camioneta, todavía sujetaba con fuerza el volante, posó la cabeza sobre él, asustado y agobiado por lo que pudo suceder. La mujer puso la mano en su espalda, en una caricia solidaria. Unos minutos después él se bajó y abrió la puerta de atrás, del lado donde yo estaba. Me liberó del cinturón y me tomó en sus brazos. La mujer también se bajó. Me acarició y me besó con mucho amor.

—Todo está bien, mi amor. ¡Nos salvaste la vida! Vamos a la casa de tu abuela.

El domingo siguiente fue mi cumpleaños. Papá y mamá me hicieron una gran fiesta. Cumplía cuatro años. Betty me regaló una hermosa muñeca rubia.

Ojos de gato

En la Calle 13 del barrio más pobre de Barcelona, ocurrían cosas terribles que era mejor ni conocer. Las gentes que residían en la comunidad, estaban acostumbradas a mirar a diario en las noticias toda clase de aberraciones hijas de la frustración y la rabia con la que vivían. Los sociólogos —y más que nadie sus habitantes—, culpaban al gobierno que ignoraba su extrema pobreza, al alcohol y a las drogas de todos sus males. El vecindario era un foco de criminalidad al que algunas familias no tenían más remedio que mudarse, pues las rentas eran más bajas —sobre todo en la temida calle—, pero era mejor tener un techo podrido que no tener ninguno. Por falta de educación formal, muchos de sus residentes, aunque tenían trabajos decentes no les daba para vivir. Otros, no sabían ni a qué dedicarse, pero la tripa gritaba hambre y había que echarle algo al cuerpo para sostenerse. Por eso, Calle 13 era la primera en ventas de narcóticos —según los estudios gubernamentales—, y el hogar de muchos adictos, borrachos y prostitutas.

Carolina tenía siete años, tan enjuta que no representaba ni cuatro. Vivía sola con su mamá Andrea, quien era una de las prostitutas de la Calle 13. Violada por su padrastro, su madre la echó de la casa a los catorce años, pues no le creyó cuando acusó al pedófilo. Sin educación ni talento —según la desnaturalizada progenitora sentenció—, la muchacha, aunque era hermosa se tiró al desperdicio. Cuando se embarazó no pudo pagarse el aborto y por más que Crescencia —la bruja del vecindario—, le dio mil brebajes de su botánica, el feto se aferró al útero y vino al mundo un viernes 13, que, unido al número de la calle, sellaron el destino de la infeliz criatura.

Todo el mundo sabía lo que hacía Andrea y murmuraban frente a Carolina sin ningún reparo. Por la empinada y sucia escalera hasta el tercer piso, subían toda clase de individuos, al fin y al cabo, la mujer era una puta barata asequible para los clientes por el más mísero presupuesto. Andrea no podía ni soñar con tener mejores consumidores pues a nadie de mejor alcurnia se le ocurriría acercarse a aquella infortunada calle, sin temor a que le pusieran una bala entre ceja y ceja o le cortaran la yugular para robarle la cartera.

El padre de la nena era el negro Bartolo —un tipo alto, musculoso y calvo, pero sobre todo feo—, y ella había salido igualita a él. El negro era un africano que había llegado en un barco de procedencia desconocida y que, después de unos cuantos polvos económicos, desapareció por donde vino. Andrea nunca más supo de él y por supuesto no había recibido un euro para la manutención de la criatura. La verdad era que ni le importaba. Nada más de recordar las empotradas que el negro le daba y el olor a su sudor nauseabundo, se le revolvía el estómago y le daban ganas de vomitar. Hubo quien le dijo que en una pelea en una barra le espetaron un cuchillo y que cuando dejó de respirar lo cortaron en pedacitos y lo echaron al mar. A ella no le interesaba, estaba feliz con su ausencia.

En aquel piso de una sola habitación, no había suficiente espacio para las dos —ni comida—, y para Andrea, la muchachita era una piedra en el zapato que la martirizaba tan sólo verla.

—Si al menos hubieras salido bonita, en el futuro podría sacar algo por tu virginidad, pero eres tan fea que nadie pagaría un céntimo por ti —le decía a la niña en medio de sus diarias borracheras—. Si no te quiero yo, ¿quién carajos te va a querer?

La pobre Carolina se iba a las escaleras a llorar hasta que veía subir a alguno de los asiduos clientes. Mientras Andrea los atendía, Carolina se iba a jugar a un patio pequeñito, justo al lado de los botes de basura. Le fastidiaba escuchar los gritos y jadeos de los usuarios del coño de su madre. Allí, en su patio, había preparado su lugar favorito con cajas de cartón que pintó con tizas de colores que le había dado su maestra cuando ganó el concurso de deletrear palabras. Ya se había acostumbrado al hedor de lugar, a las ratas y a los gatos realengos, que pululaban buscando alimento entre los desperdicios. Allí su mente divagaba por lugares más alegres, soñando que era una princesa de los cuentos de Disney de piel blanca y lozana, y largos rizos dorados.

La niña no podía escapar —a pesar de que lo intentaba—, de los comentarios maliciosos de las mujeres del barrio sobre ella y su madre, aunque estuviera de frente.

—Como dice el dicho «Hijo de puta saca al padre de dudas». Esa nena es negrita y fea como Bartolo, el mismito africano —comentaban con desprecio sin pensar en la crueldad de sus palabras. Pensaban que era la mejor forma de castigar a Andrea por haberse acostado con sus maridos.

Carolina lloraba en la soledad de su pequeño patio, pidiendo al Dios crucificado, que la hiciera bonita como su madre: rubia y de ojos claros. De vez en cuando la acompañaba una vieja sin hogar que le tenía lástima y que le había regalado una muñeca rota que era su mayor tesoro. Tenía los ojos bonitos como los de los gatos, pensó. La niña empezó contarle a la muñeca sus cuitas y ella parecía responderle.

—Algún día serás bonita y tus ojos se tornarán claros y bellos. Tu piel se volverá blanca y radiante. Y tú pelo, rubio y liso.
—¿Crees que algún día mi mamá me querrá? —preguntaba en su inocencia.
—¡Claro! —contestaba la muñeca—. Cuando seas bonita, tu mamá te va a querer mucho.

Así pasaba la tarde entera en su intercambio con su amiga tiesa. Las promesas del juguete le habían llenado de ilusión. Esperó a que su madre se desocupara y subió las escaleras dando saltitos de alegría. Al llegar al pequeño piso, le enseñó la muñeca y le contó lo que ésta le había dicho.

—Tras de fea, ahora te estás volviendo loca —le reclamó.

—Mamá, te juro que ella me lo dijo.

—Sí…sí… —contestó apática.

En esos días la policía de Barcelona recibió una llamada. Habían encontrado varios gatos muertos, todos con los ojos arrancados detrás de los botes de basura.

—Algún ritual satánico —explicó histérica la mujer que llamaba anónimamente—. Por aquí pasa de todo, usted lo sabe oficial.

—Enseguida enviamos una patrulla, señora. Trate de calmarse.

En efecto los gatos habían sufrido un terrible final. Torturados y asesinados yacían detrás de los botes de basura con un hueco en donde antes estaban sus ojos.

Los oficiales preguntaron a los vecinos si habían visto a alguien cometer tan atroz acto, pero nadie había visto nada, como solía suceder. Ninguno quería tener problemas.

Unas semanas más tarde desapareció un infante. Los desconsolados padres suplicaban por la pronta devolución de la criatura que la madre había dejado descuidada, por unos segundos, mientras pagaba por los comestibles en el mercado. En la televisión y la prensa publicaron los retratos del niño. En los postes del alumbrado colocaron afiches con su rostro. Un bebé blanco como la espuma del mar, con unos rizos rubios que le adornaban la cabecita. Enseguida se armaron grupos de búsqueda que peinaron la zona, indagaron, rebuscaron y agotaron todos los recursos disponibles de la policía y la municipalidad, pero no lo hallaron. Conjeturaron, que, tal vez lo habían sacado del país o que alguna banda de tráfico humano lo había vendido a algún millonario extranjero. Pocas veces los vecinos de la Calle 13 se mostraban tan unidos, todos rogando porque regresara a casa con vida. Cuando suspendieron las investigaciones pensando que ya no lo encontrarían, apareció degollado, con la piel desgajada y sin cuero cabelludo.

Carolina fue a la tienda de útiles escolares y compró una botella de cola para pegar. Subió a la cocina de la vivienda que compartía con su madre y sacó un cuchillo bien afilado. Andrea no se dio cuenta. Estaba durmiendo su última borrachera en su pegajosa y hedionda cama, cubierta de semen de múltiples hombres. La niña bajó corriendo las resbalosas escaleras para refugiarse en el mundo que había creado al lado de los botes de basura, en su casita de cartón pintada con tizas de colores. Tomó la muñeca mirándola fijamente a sus cristalinos ojos, iguales a los de los gatos.

—Ha llegado el momento —dijo.
—Sí, tu mamá te va a querer mucho —replicó el juguete.
Carolina escogió entre los ojos de los gatos y los del niño los del color que más le gustaba. Agarró el cuero cabelludo con los suaves rizos dorados y lo pegó a su cabecita. Se pegó en los brazos las tiernas y blancas tiritas de piel. Mientras lo hacía sonreía, como poseída. Tomó el cuchillo, respiró profundo y arrancó sus ojos. No sintió dolor porque el que tenía por dentro le había entumecido los sentidos. Se puso pegamento en las cuencas adhiriendo los ojos a ellas.
Dejándose llevar por el tacto caminó por el callejón hasta la escalera. Un silencio absoluto inundó la Calle 13. Carolina subió, fue hasta el cuarto y se acercó a Andrea tocándola para despertarla.

Mami —dijo—. ¿Ahora sí me vas a querer mucho?

Un grito visceral se escuchó desde la habitación en el tercer piso.

Oliver

Oliver vivía con sus padres, Carlos y América, en el cuarto piso de uno de los viejos edificios de la Calle 13. Ellos se habían casado muy jóvenes y en contra del consejo de sus respectivos padres, quienes les habían pedido que terminaran sus estudios antes de comprometerse en un matrimonio sin estar preparados. Aun así, decidieron ignorar las advertencias, esforzándose por progresar, más que nada por demostrarle a todos que estaban equivocados al no apoyarlos. Ambos iban a la universidad y tenían un trabajo a tiempo parcial, ella de cajera y él de mesero. América estudiaba medicina y Carlos sería administrador de empresas. Estaban seguros de que un futuro brillante les esperaba, que cuando finalizaran sus carreras encontrarían trabajos bien remunerados y saldrían del indeseado vecindario. Oliver no se encontraba entre sus planes.

Cuando América quedó embarazada se alegraron, pero se dieron cuenta de inmediato de que la muchacha no podía seguir con su tren de vida diario. Poco después de las seis semanas, tuvo síntomas de aborto y el médico le ordenó reposo absoluto. Ella obedeció, pero a los pocos días pensaba que iba a perder la razón en aquel apartamento de una habitación, en el que la cocina era parte del dormitorio y el baño se separaba del resto del espacio con una cortina. El cuartito servía su propósito cuando ambos sólo iban a dormir, pero ahora era una cárcel para la joven que era muy activa. Con pesar, tuvo que darse de baja de la universidad y abandonar el trabajo de cajera en el mercado. Las horas que pasaba acostada con las piernas sobre una almohada la exasperaban. No estaba acostumbrada a mirar la televisión y la programación le parecía desabrida y estúpida. Los noticieros, repetitivos y amarillistas.

Pronto la relación entre ellos comenzó a deteriorarse pues ahora toda la carga económica recaía sobre Carlos, quien corría de la universidad a su trabajo como mesero en un restaurante exclusivo de Barcelona, para luego llegar exhausto al hogar, teniendo que escoger entre hacer las tareas o el amor a su esposa. Cuando el embarazo se estabilizó y no había ningún peligro de perder la criatura, América salía en las tardes un rato a la biblioteca y así pasó los últimos meses entre los libros que tanto amaba y que alimentaban su inquieta inteligencia. Poco a poco fue comprando las cosas para el niño. Arregló una esquina de la habitación, decorándola de azul y pintando muñecos en las paredes. No era mucho lo que podía hacer, pero le daba ilusión. Quería —como todas las madres—, tener todo lo necesario para cuando llegara.

Cuando nació Oliver sus padres lo recibieron con alegría. No había una criatura más bonita que ésta. Carlos lo miraba por los cristales donde estaban los bebés y se sentía muy orgulloso de haberse convertido en padre. Pero las cosas cambiaron cuando regresaron a la Calle 13. El niño lloraba toda la noche. Entre los gritos de los vecinos quejándose de que no podían dormir y tener que levantarse cada dos horas, América cayó en una terrible depresión post parto y se negaba a atender al hijo. El joven esposo tenía que levantarse para alimentarlo, llegando el momento en que apenas podía concentrarse, ni en los estudios ni en el trabajo. Los gastos cada vez eran más, pues era otra boca que alimentar y a la que no se le podía decir que no había con qué. Con dolor en el alma, Carlos dejó los estudios para irse a trabajar en un segundo trabajo, por lo menos en lo que su esposa mejoraba.

Pasados tres años América se encontraba repuesta y completamente dedicada a la criatura. Pero como dice el dicho — las cosas no pueden estar tan malas que no puedan estar peor—, empezó a notar que Oliver parecía estar en otro mundo. No hacía contacto visual, apenas hablaba y se mecía para adelante y para atrás constantemente. No era tonta, pero no quería aceptar que algo le ocurría a su hijo. «Él es perfecto», se decía en negación y ocultaba a su esposo lo que observaba. Carlos se había vuelto un extraño que solamente iba a casa por las noches y hasta había empezado a beber con sus amigos, retrasando el momento de volver a su familia. Las peleas y reclamos eran el pan nuestro de cada día y cada vez estaba más disgustado con la vida que había escogido. Sus padres —después de todo—, tenían la razón. No estaba listo para enfrentar la coexistencia y al parecer, hasta el amor entre él y su esposa había muerto.

El mundo de Oliver en cambio era espectacular. No en balde prefería estar en él, que en el triste lugar en el que vivían sus padres. Cuando abría los ojos había un arcoíris de colores radiantes en el que un perrito peludo hacía malabares hasta llegar hasta él y lamerle la cara. Un caballo blanco, con un cuerno de oro en medio de la frente, venía a buscarlo a su cama y acariciaba su rostro contra el suyo. Oliver lo montaba y volaban por nubes azucaradas que apretaba como motas de algodón. Riendo les daba un pellizco y saboreaba su dulzura. El caballo lo llevaba a una playa lejana azul turqués, en donde la fragante brisa del mar le azotaba el rostro. Allí caminaba sobre la tibia arena, que brillaba como estrellas con el reflejo de los rayos del sol, y sentía que los granitos le hacían cosquillas entre los dedos. Jugaba con los caracoles y recogía conchas nacaradas para unirlas con un hilo de plata y algún día regalarle un collar a su madre. En la tarde, miles de globos de colores bajaban del cielo y un angelito rubio jugaba con él divirtiéndose al reventarlos.

América desesperaba mientras más cerca estaba el momento de que Oliver fuera al colegio. Buscaba en los ojos de su hijo, con la esperanza de encontrar la respuesta que le devolvería la esperanza, pero sólo recibía su eterno silencio y una mirada vacía. Compraba juguetes para estimular sus sentidos, pero nada funcionaba.

Llegó el día tan temido y Carlos la acompañó, pues no se quería perder el primer día de clase del niño. Enseguida la maestra se dio cuenta de que la criatura era autista y con cautela lo hizo saber a los padres, recomendando que lo matricularan en una escuela de educación especializada.

—¿Por qué no me habías dicho, América? —reclamó Carlos herido y furioso tan pronto salieron a la calle.

—¿Por qué no te dije? Nunca estabas en casa, si en cinco años no te diste cuenta… —reprochó.

—¿Qué nunca estoy en casa? ¡Claro que no estoy! Estoy trabajando catorce horas al día para que tú te quedes tranquila sin tener que hacerlo.

—Estoy en casa ocupándome del niño. ¿No ves que me necesita?

—Lo veo ahora que otra persona me lo dice, porque tú… tú eres una irresponsable. Un ser egoísta y manipulador. Cada vez que recuerdo que tuve que dejar la universidad por ti…

—¿Otra vez con eso? Yo también tuve que dejar mis estudios por ti. Mis padres tenían razón. No eras hombre para mí.

Mientras discutían culpándose el uno al otro por su desventurada vida, olvidaban que Oliver los escuchaba. Al oír sus gritos, el niño regresó a su mundo donde todo era maravilloso y lleno de alegría.

El angelito también lo acompañó a su primer día de clases. Levantando los hombros le sonrío y fue suficiente para que Oliver ya no escuchara. Se fueron a correr por la orilla del río y sus carcajadas rompían el calmado silencio de la campiña. Tiraban piedritas para ver cómo se formaban los círculos en el agua y los peces brincaban saludándolos. Echados en el suelo miraban los árboles de troncos enormes, tan altos que casi tocaban el firmamento con sus ramas, cuando de pronto comenzó a llover. Divertidos se empaparon bajo la lluvia tomados de la mano. A los dos les gustaban los lápices de colores y del cielo cayó el rojo, el amarillo y el azul, con ellos pintarían cualquier cosa.

—Oliver, falta algo en el cielo —le dijo su amigo señalando al infinito.

Dando saltitos el angelito llegó hasta el cielo, dibujando muchos arcoíris con sus crayones brillantes. Oliver quiso acompañarlo.

Desde que el niño se cayó del balcón del edificio, América enloqueció. No dormía dando vueltas por el diminuto apartamento, buscándolo debajo de la cama, en el ropero, dentro de la alhacena sin dar con él. Gritaba su nombre en un gemido que retumbaba por toda la Calle 13. Día y noche lo llamaba sin respuesta. El dueño del edificio por lástima no la echó. Los vecinos le llevaban alimentos, pero ella los rechazaba. No comería —decía—, hasta que encontrara a Oliver.

Carlos la abandonó. La culpaba de la gran tragedia, como siempre la había culpado de todo. De casarse, de preñarse, de la discapacidad del niño. Embriagado a todas horas perdió los trabajos y de eso también la acusaba. Hasta que Oliver se cansó y se le apareció, llevándoselo consigo.

El trasplante

—Soy capaz de hacer cualquier cosa por la salud de Adriana —declaró Ricardo sin pensar un segundo lo que decía.

—Entonces, quedamos en lo acordado. El paquete incluye el transporte aéreo a la ciudad de Beijing, transportación al hotel, hospital y el trasplante de riñón. La comida, va por cuenta suya. Recuerde que no puede comentar esto con nadie.

—Pero mi esposa...

—Dígale a su esposa que es mejor no decir nada. Invéntese una excusa, lo que quiera, pero que no comente. Lo que hacemos no es muy... digamos, legal. Estamos tratando con el mercado negro de órganos.

—¿Usted está seguro de que esto saldrá bien?

—Garantizado, garantizado, nada es. Pero sí le puedo decir que ya he tramitado más de 1,500 trasplantes en los últimos cinco años y hasta ahora solamente han salido mal unos treinta. Récele a quien quiera para que este funcione. ¡Ah! Tiene que depositarme el dinero a más tardar el viernes a las dos de la tarde. Si no, no salen el lunes.

—No se preocupe, el dinero estará depositado el viernes sin falta.

Ricardo se despidió del hombre, sin nombre, con quien lo había conectado un amigo. Sólo tenía un número de cuenta y el banco en el que debía depositar la suma acordada. Todavía tenía que llamar para verificar si le habían aprobado el préstamo que había pedido, aunque no tenía la menor duda de que lo harían ya que estaba poniendo su casa como garantía. Se comunicó de inmediato con la oficial de la entidad hipotecaria, quien le informó que en efecto podía ir a buscar el cheque por veinte mil dólares, que eran toda la equidad que tenía su hogar. Una vez lo cobró lo depositó en la cuenta de su contacto para el viaje a Beijing.

La familia se trasladó a la China sin mencionar a nadie el propósito del viaje, ni a dónde se iban. Adriana había estado muy enferma desde los nueve años y ya no tenía ninguna esperanza, excepto el trasplante de riñón. La lista de espera era interminable y ya llevaba cinco años esperando un milagro. Con las complicaciones de la adolescencia, su condición había empeorado, siendo necesaria la diálisis. La niña cada vez estaba más débil, ya no era ni la sombra de la muchachita alegre que fue. ¿Cómo Ricardo no iba a hacer lo que fuera por salvar la vida de su hija? No preguntó nada por supuesto. Ni le importaba la procedencia. Lo único que le interesaba era conseguir ese órgano que su criatura necesitaba desesperadamente.

Ya en Beijín todo transcurrió como prometido. Adriana recibió su riñón. El médico le dijo que la operación resultó ser un éxito y que en dos semanas ya podía emprender el viaje de regreso al hogar. Los resultados fueron casi inmediatos. La niña mejoraba cada día y el color verdoso que tenía su piel fue tornándose rosado, igual que antes de su enfermedad.

Unas cosas cambiaron luego del trasplante. Adriana nunca comía carne roja y menos casi cruda. Parecía que había desarrollado un gusto repentino por ella y la comía casi a diario. La madre era de las que pensaban que el cuerpo pide lo que necesita, así es que se la preparaba siempre que la pedía. Los padres encontraron que la niña estaba viendo películas de horror y masacres. Mientras más sangre apareciera en las matanzas, mejor. Para impedir que siguiera exponiéndose a ese material, bloquearon los canales de la televisión y pusieron controles a su computador. Su comportamiento cada día era más agresivo, lo que achacaron a la adolescencia.

«Noticias en acción, lunes 6 de febrero de 2017: Una menor de catorce años asesinó a sus padres mientras éstos miraban la televisión. El reporte preliminar indica que la jovencita salió a la calle con el cuchillo ensangrentado. Según los testigos iba caminando desorientada, como en trance. Los vecinos llamaron a la policía quienes llegaron de inmediato, deteniendo a la alegada

victimaria. Los cuerpos de las víctimas presentaban heridas punzantes en pecho, la cabeza y la espalda… En otras noticias, una banda de traficantes de órganos fue capturada. Según las autoridades quienes llevaban varios meses siguiendo a los maleantes, los tratantes contactaban a las familias de personas necesitadas de trasplantes, ofreciéndoles un paquete completo en la ciudad de Beijing en China, en donde los enfermos recibían el órgano precisado, comprado en el mercado negro, procedente de convictos sentenciados a la pena de muerte».

LaxMedic

Rosalba hizo una cita con su médico de familia por un dolor persistente en el bajo vientre. Había estado ignorándolo durante meses, pero ahora se le hacía insoportable. Primero era una simple molestia que había estado tratándose ella misma con su láser casero tipo A-4. Este equipo había sido lanzado al mercado en el 2035 por LaxMedic, una empresa multinacional, cuyo propósito era proporcionar a los pacientes de una herramienta científica y económica para tratar algunos malestares en la comodidad del hogar, sin tener que utilizar sus seguros médicos que cada vez eran más difíciles de mantener, para visitas innecesarias. Rosalba —como muchos otros que ni siquiera podían costear el seguro—, había economizado unos cientos de dólares para comprar el láser y de esta forma se había mantenido saludable en los últimos diez años. El láser, pensaba, era todo un éxito hasta que no pudo con este dolor.

LaxMedic continuaba estudiando los efectos secundarios reportados por los usuarios del láser casero tipo A-4. Los reportes no se habían hecho públicos porque la compañía prefería resolver las querellas dando una compensación económica a los pacientes, antes de que la prensa se enterara. Entre estos efectos se encontraban dolores de cabeza severos, espasmos, tumores, cáncer e infartos cerebrales y del corazón. Hasta el momento la mayoría de los pacientes no los relacionaban con el uso del láser y continuaban tratándose estos malestares también con el aparato. Cuando se hacía insoportable el dolor, como en el caso de Rosalba, los enfermos acudían a sus médicos para recibir otros tratamientos, lo que era muy tarde, usualmente.

El doctor Guillermo Fernández Lugo, trabajaba para LaxMedic desde que se estaban haciendo los estudios con voluntarios de los prototipos A-1, A-2 y A-3. Él no estaba convencido de que el láser debía salir al mercado todavía. De hecho, en algunas reuniones del equipo de trabajo, señaló que el instrumento no se había probado con animales antes de usarlo con humanos y que no se sabía si tendría otros efectos a largo plazo.

—No entiendo cuál es su preocupación. El láser ha dado resultados magníficos hasta ahora —respondió el director general de la empresa.

—Yo entiendo que en este momento los experimentos no se han llevado a cabo dentro de un ambiente controlado con supervisión médica en todo momento. El instrumento que pretendemos poner en el mercado carece de esa parte en el proceso de investigación —recalcó el buen doctor.

—Bueno doctor Fernández, el propósito es precisamente que las personas puedan utilizarlo en la comodidad del hogar sin tener que pagar por ir al médico.

—Ya, entiendo, pero…

—Pero nada. El aparato es seguro, eficiente y costo efectivo. Estamos seguros de que va a ser un éxito. Tal vez usted se está preocupando demasiado por el bolsillo de sus colegas médicos.

—¿Qué? ¿Usted piensa que me mueve un interés personal?

—No sabemos… Pero el Láser tipo A-4 estará en el mercado dentro de los próximos seis meses.

Una vez en el mercado el láser, las personas lo compraban como pan caliente. Los enfermos se trataban en el hogar y estaban felices con los resultados: alivio inmediato y menos gastos médicos, tal y como prometía la publicidad del aparato. El mercado de personas de la tercera edad era al que más se dirigía el anuncio, pues estos eran los que más dolencias tenían.

Guillermo Fernández, se había dado a la tarea de llevar un seguimiento de las personas que compraban el instrumento, a escondidas del director general de la empresa. Era fácil mantener el registro porque al comprarlo el usuario enviaba un formulario a LaxMedic para cumplir con el proceso de la garantía.

Guillermo trabajaba día y noche estudiando las cifras de los estudios recientes. Sus sospechas no eran infundadas. Existía la posibilidad de que el láser dañara el ADN y los glóbulos rojos con el tiempo. Con esa información tomó el tren hasta otra ciudad y se alojó en un hotel con un nombre ficticio. Desde la habitación se puso en contacto con Abel Esparza, el periodista más renombrado del momento y que podía hacer estallar la noticia en un segundo. Abel quedó en reunirse con él en el hotel.

—Sólo tengo su testimonio y no es que no le crea, pero no es suficiente —dijo el periodista—. Necesito algo más contundente.

—Algo más contundente, ¿cómo qué? —preguntó Guillermo.

—Alguna evidencia física, estudios, documentos.

—Bien… entiendo.

El doctor Fernández Lugo dejó el hotel a las once de la mañana del día siguiente y se dirigió a su apartamento. Cuando llegó la puerta estaba entreabierta. La empujó con el pie sin tocar nada con las manos. Todo estaba revuelto. Alguien había estado buscando entre sus cosas. Verificó las grabaciones de su cámara de seguridad y una persona vestida totalmente de negro y con una máscara de esquiar aparecía registrando el apartamento. Ni siquiera podía identificar si era un hombre o una mujer. Tomó un bolígrafo y con él apretó el botón de la alarma. En dos minutos varios agentes de la Policía se personaron. Le hicieron preguntas, se llevaron el video de la cámara de seguridad, no había huellas que tomar.

—Quien vino a su apartamento era un profesional —decretó el oficial—. ¿Tiene usted algún enemigo?

—Que yo sepa, no. Soy médico y hago investigaciones para la compañía LaxMedic.

—¡Ah! Los del láser A-4… Mi madre tiene uno.

—¿Sí? Dígale que también vaya al médico. Así es más efectivo —aconsejó el doctor con cierto pesar por no poder decir más.

—La pobrecita lo usa de día y de noche, dice que para los dolores de reuma.

—Dígale que también vaya al doctor —insistió.

Cuando los agentes concluyeron su trabajo, Guillermo tomó un bolso con alguna ropa y se fue. No podía quedarse allí. Por algo lo habían registrado. Ya eran las ocho de la noche, pero decidió ir a la empresa. Acercó su ojo para que fuera escaneado y lograr acceso a las instalaciones. A esa hora no había nadie, sólo un robot que hacía la ronda cada una hora, pero no hacía preguntas. Entró a su oficina y encendió el computador. Entró al archivo del prototipo A-1, del A-2 y del A-3. Solamente encontró el nombre de los voluntarios con quienes se probó el aparato y algunas notas generales. En el archivo A-4 había varios documentos que nunca había visto. El primero era el reporte del posible daño al ADN y a los glóbulos rojos que él ya sospechaba. Un documento con una dirección del Departamento de Salud gubernamental le llamó la atención. Era lo que estaba buscando. Pasó la información a su reloj y salió rápidamente del edificio. Entró en un bar y se dirigió al baño desde donde llamó al periodista.

—Tengo lo que necesita. Lo envío en este momento a su correo.

«Noticias de última hora: Soy Abel Esparza con la noticia al instante. Hoy se reveló un documento oficial del Departamento de Salud dirigido a LaxMedic en el que ambas entidades acuerdan vender el láser tipo A-4 con el propósito de reducir la población de la tercera edad. Según el documento, el láser destruye el ADN y los glóbulos rojos de la persona hasta el punto de causar daños irreversibles a la salud... Pasamos a noticias policiales: el doctor Guillermo Fernández Lugo apareció asesinado y desnudo en el

baño del Bar Tongolele. Las primeras hipótesis señalan, un posible crimen sexual o pasional».

En la madrugada

Puedo cerrar los ojos e ir a donde quiera. Me encuentro frente al mar, en una playa de arenas blancas y finas. Sentada, mirando al horizonte. Allá, donde el cielo se funde con él. Está manso, tranquilo. Es la hora en la que el sol se esconde. La brisa es fresca. Siento un poco de frío. El cielo teñido de colores amarillo-naranja, da paso a la noche. Y ahí estoy yo. Inmóvil. Inmersa en la tranquilidad del océano, en su espesura, en su profundidad. Y en mis pensamientos.

Me levanto, camino hacia él. Mojo mis pies por un minuto. Siento el agua fría, hasta que mi piel se acostumbra a la temperatura. Entro poco a poco a las aguas, hasta cubrir mis cabellos. No necesito respirar.

Me encuentro en una isla de valles, sierras y montañas verdes como una alfombra de terciopelo. Allí, pájaros multicolores adornan los cedros, ceibas y flamboyanes, inundando con su canto los cielos de una tierra bellísima. El clima es cálido, sin agobiar el cuerpo. Decenas de riachuelos cristalinos regalan un agua tan dulce, que con un poco, sacia por completo la sed. ¿Estoy viviendo un sueño o es mi realidad? Camino por la isla y no encuentro ningún otro ser humano. Estoy sola. Sigo un sendero que me lleva hacia una montaña. Encuentro unas frutas por el camino y sacio mi apetito. De repente escucho voces, algo parecido a un canto. Me dirijo hacia el lugar de donde vienen las voces. Es un idioma extraño, desconocido. Algo me dice que debo esconderme. Me sobresalto al ver los seres que están reunidos cantando. Son humanoides que brillan como luces anaranjadas. Siento deseos de correr, pero me da miedo que me descubran. Me quedo quieta sin saber qué hacer. Entonces, alguien me toca el hombro.

—Hola —dice—. ¿También estás perdida?

Un hombre rubio, delgado, de inmensos ojos grises y un poco más alto que yo, se me presenta como un espejismo.

—Sí —contesto—. ¿Quién eres tú? ¿Dónde estoy?

—Me llamo Mark. Estamos en una isla, pero no sé cómo se llama. Hace dos días estaba meditando y de pronto llegué aquí. Desde entonces he vagado, escondiéndome de esos habitantes que se ven un poco raros. ¿No te parece?

—Pues, sí. Se ven raros —respondo, dándome cuenta de que no sé quién es este extraño tan desaliñado. El pobre lleva unos pantalones de mezclilla muy gastados, con los ruedos rotos y una playera con un símbolo de paz. Sus cabellos son largos, partidos en el centro y descuidados—. ¿De dónde vienes?

—Vengo de Woodstock, Nueva York.

«¿Woodstock…?», pienso. El nombre de ese lugar se me hace familiar, aunque nunca he estado allí. ¡Claro! Me suena a concierto de rock de los años 60's. No hay nada en Mark que me haga desconfiar, aunque tampoco tengo razones para confiar. Pienso que dadas las circunstancias, no tengo más alternativa que mantenerme cerca de él si quiero sobrevivir.

—Yo me llamo Patricia —digo estrechando su mano—. Es un gusto conocerte. Y ahora, ¿qué vamos a hacer?

—No tengo idea. No sé cómo salir de aquí. Ni siquiera sé cómo llegué.

¡Vaya! Ahora sí que estoy jodida. A buen árbol me arrimo…

—Entonces, vamos a caminar hacia el otro lado para alejarnos de los seres. Ya pronto se hará de noche y tenemos que saber dónde vamos a pasarla —sugiero porque Mark al parecer no tiene nada que aportar. Está anestesiado todo el tiempo.

—Creo que tienes razón —contesta sin voluntad.

Vamos caminando por la vereda hacia abajo buscando alejarnos de los seres, hasta llegar a un llano cundido de girasoles donde está un niño.

—¿Qué haces aquí solo? —pregunto sin comprender el porqué de su soledad.

—Llevo aquí varios meses —contesta el chiquillo, tranquilo—. Ya estoy acostumbrado.

—¿Cómo te llamas?

—Enrique… Enrique Vázquez de la Vega.

—¿Y cómo llegaste? —pregunta Mark.

—Estaba navegando en la red cuando llegué.

—¿Navegando en la red?

—Sí. En el computador. Una pantalla luminosa por la que puedes viajar por el mundo de la información. Tiene un teclado al frente… —explicó torciendo los ojos, mortificado.

—Los niños cada vez están más avanzados —dice Mark para sí—. Entonces, debes conocer bien la isla.

—Sí. Vengan conmigo. Los llevaré al lugar donde duermo. Aunque la verdad, me gusta estar solo. No tengo amigos. Los niños de mi edad se burlan, se ríen de mí, porque soy diferente. Vivo con mi madre, pero no hablo con ella.

—¿Por qué no le hablas? —le pregunto.

—Porque siento que no me entiende.

—¿Y por qué hablas con nosotros?

—Pienso que me entienden.

—¿Y qué te hace pensar que te entendemos? —pregunta Mark con su voz embobada.

—No sé. Lo presiento —contesta Enrique iniciando la marcha—. Creo que son como yo.

Mark y yo vamos detrás de Enrique hasta una cueva que se ve muy segura. Él parece estar preparado para pasar una larga temporada en este lugar. Tiene utensilios hechos con pedazos de madera, piedras y cocos. La leña apilada, según nos dijo, es para hacer una fogata en la noche. Puso una manta en una esquina para dormir.

—Hay unos seres muy agresivos al otro lado de la montaña —nos cuenta—. Los he visto atacar a los habitantes con garrotes y cuchillos. Es mejor que no vayamos a ese lado de la isla.
—¿A qué tendríamos que ir? —pregunto intrigada.
—Los que llegan, siempre encuentran una razón para ir —contesta.

La oscuridad se está apoderando de la isla. Enrique enciende la fogata con una pasmosa agilidad. Mark y yo improvisamos unas camas con hojas secas para pasar la noche. Cuando por fin me duermo, escucho un grito desgarrador. Me levanto rápidamente. Mark y Enrique también están levantados, asustados. Los tres salimos sigilosos intentando ver qué sucede. Desde donde estamos podemos ver un claro, en donde están reunidos los seres color naranja con algunos hombres y mujeres. Los seres forman un círculo. Hombres y mujeres están amarrados y arrodillados en el centro. No podemos escuchar lo que hablan, pero distinguimos los ademanes que hacen los seres que están de pie. Estamos tan concentrados en tratar de escuchar, que no sentimos cuando un ser se nos acerca por detrás.

—¡Aquí hay tres! —grita, llamando a los demás.

Nos volvemos, aterrorizados y mirando cómo se acercan varios seres armados con garrotes y cuchillos. Yo tengo un nudo en la garganta que me impide decir palabra. Mark a mi lado, tiembla sudoroso. Enrique no tiene ninguna expresión. Amarran nuestras muñecas y nos llevan a empujones a donde está el círculo. Los que están en el centro, tienen sus miradas fijas en el suelo. Creo que no se percatan de nuestra presencia. Luego nos arrodillan junto a ellos. Un ser dirige la reunión. Los del círculo, lo atienden, esperan sus órdenes. Él comienza a hablar en una lengua desconocida. Los demás lo aplauden y vitorean levantando sus garrotes y cuchillos al aire. Entonces, el dirigente levanta sus brazos y nos dice:

—¡Bienvenidos al valle de los suicidas!

Dormitando

Me gusta ese estado en el que no estoy dormido ni despierto. Los instantes justo después en que pones la cabeza en la almohada y empiezas a adormilarte. Esos en los que escuchas los sonidos a tu alrededor y se confunden con los primeros sueños disparatados. Cuando el cuerpo no pesa y el cerebro tiene espacio para expresarse a sus anchas. Los colores no tienen denominación, los olores se mezclan haciéndose casi imposibles de reconocer, los recuerdos salen a flote y los instintos prevalecen. Es cuando se me ocurren las mejores y las peores ideas. Cuando agarrar un cinto para ponérmelo al cuello puede ser una broma de mal gusto, sí, pero sólo eso; y cortar una rosa un sacrilegio. No existe religión, ortografía, matemáticas ni regla alguna para lo que brota de mi subconsciente. Me gusta estar ahí, entre lo morboso y lo bello, sin reparar en nada, sin que nadie me juzgue.

A veces siento que el alma se me sale del cuerpo y vago por el universo interestelar. Puedo llegar tan lejos como quiera sin detenerme un segundo. Entro en tantos hoyos negros como se me pegue la gana, no me falta el oxígeno, no me falta nada. Salto de una estrella a otra, así como se ven en el espacio los astronautas, pero sin el uniforme. Me veo a mí mismo caminando en la Luna como si estuviera caminando por una calle de Barcelona. Puede ser cualquier estación del año. Si escojo el verano me visto de blanco. Ando despacio, me arreglo el sombrero. Observo los cráteres para no caer en alguno de ellos. Saludo a los que están allí con mi mejor sonrisa. Miro a las lunáticas —sí, así se llaman las mujeres de la Luna—, les guiño el ojo y a veces le escribo poemas. A los hombres —lunáticos también—, los veo en las esquinas con una *Heineken* en la mano, piropeando a las chicas que pasan. ¡Ah! En eso se parecen a los terrícolas. El amor es amor en cualquier parte de las galaxias. Lo sé yo que las he visitado todas. En ocasiones me detengo con el grupo de mis iguales —me refiero al género, aunque en algunos lugares los seres son hermafroditas —, coqueteo con alguna muchacha y hasta les doy la mano a los hombres, por eso de ser cordial.

Cuando me canso, de un brinco me coloco en alguna estrella desde dónde puedo admirar los azules de la Tierra. Siempre siento nostalgia por ella, de todos modos, es mi lugar de origen, donde nací. Me he dado cuenta de que cada vez es menos el añil, aunque los científicos se empeñan en negarlo. El agua escaseará, por más que algunos digan que no es un derecho tenerla. Y entonces, ¿qué beberemos? No todo el mundo sabe llegar a otros mundos en los que el líquido abunda... Volviendo a mis observaciones del globo terráqueo, siempre escojo una estrella pequeña, con poca luz, no vaya a ser que alguien me descubra y se acabe mi entretenimiento. Imaginen que el mundo se entere de los viajes astrales que doy. Tendría un montón de periodistas esperando en el portal de mi casa. Los reporteros son insoportables, no paran de preguntar. Prefiero el anonimato, siempre.

Otras veces me veo por dentro. Soy como una célula de la sangre, un glóbulo rojo, que recorre todo mi cuerpo. Bombeado por el corazón, irrigo mis órganos con oxígeno, los alimento, los energizo. Es un viaje en el que siempre me recreo. Veo mi cerebro y la cuenca en dónde está depositado, con los pequeños agujeros por dónde salen los nervios. La masa gris late imperceptiblemente. Nadie se da cuenta de que lo hace. Las neuronas mueren, a veces voy a su funeral. Es muy triste saber que mueren sin procrearse. Cuando todas mueran ya no habrá memorias, todo será silencio y olvido. Luego de los sepelios, a los que siempre asisto por respeto, después de todo es en mis sesos donde fabrico toda esta trama de viajes a lo desconocido, continúo mi paseo, no me detengo mucho en mis pulmones. No son un lugar en el que quiero estar por mucho rato, están forrados de nicotina, un paisaje oscuro y sin alegría. El hígado no está mal, sigue cubierto con su fina membrana que, aunque cualquier cosa la puede romper, sigue intacta. Los riñones son tan pequeños que no puedo evitar pensar en la labor titánica que han hecho desde que nací. Los miro, me sorprendo de que la cantidad de licor y drogas que he consumido no haya acabado con ellos.

Este espacio es sólo mío. Está entre la vida y la muerte. La vida mientras estoy insomne, la muerte por la que no me atrevo a dormir profundo. Alguna vez de niño vi a los Reyes Magos. Entonces no me drogaba ni tomaba alcohol. Había recogido temprano la yerba para los camellos y dejado la carta con mi petición: un precioso tren eléctrico que vi en una tienda de juguetes en la plaza de mi pueblo. Me había portado muy bien todo el año. Sé que mis padres lo habían notado. Esa noche —la de Reyes—, vi a mi padre llorar por primera vez. Mi madre servía un poco de arroz cocido y en silencio lo comimos. Tan pronto terminé, pedí permiso para levantarme de la mesa y corrí a lavarme los dientes. Me acosté y apreté los ojos, rogando que el sueño llegara rápido para despertar en la mañana a mi deseo. Mi corazón latía aceleradamente por la excitación de creer que en unas horas estaría jugando con mi anhelado juguete. Pero el alma sueña y vuela con alas de papel, cualquier viento las puede resquebrajar. Y eso me pasó a mí.

Aquella noche fue la primera vez que me quedé en el limbo del sueño. Escuché unos pasos acercarse a mi cuarto. «Seguro que son los Magos», pensé.

—No abras los ojos —dijo Melchor bajito—. Voy a llevarte a dar un paseo en mi camello. Te llevaré por las nubes, te enseñaré el camino a la estrella de Belén, te presentaré al niño…
—¿Y cómo voy a poder ver lo que quieres enseñarme con los ojos cerrados? —pregunté interrumpiéndolo.
—Vas a aprender a usar tu imaginación —respondió—. Esto te va a servir siempre —aseguró levantándome en sus brazos.

Salimos de la habitación por la ventana. Me sentía liviano, sereno. Escuché a Gaspar y a Baltasar protestando porque tenían que llevar muchos regalos y se les hacía tarde. Hasta los camellos resoplaron molestos. Pero Melchor estaba dispuesto a cumplir su promesa. La noche estaba fría, pero no iba a perder la oportunidad de aprender a usar mi imaginación. Cabalgamos en su camello por largas horas, al menos eso me pareció. Yo estaba emocionado porque la noche olía a comida muy rica y a dulce de coco. Cuando llegamos, el fulgor de la estrella era tal que aún con los ojos cerrados podía verlo. Un niño lloraba en un lugar que hedía a estiércol y me di cuenta de que la casucha en la que vivía yo, no era el peor lugar del mundo comparado con este. Una mano suave acarició mi rostro. Me estremecí a su contacto, no de miedo sino de amor. Melchor me dijo que era María que le había pedido su manto para calentar a su hijo y cuando me vio quiso tocarme. Habría querido verla, pero no me era permitido. Sólo sabía portarme bien en aquel tiempo, nunca rompía las reglas.

—Ya es tarde, tienen que irse.
—¿Quién habló? —pregunté al Rey Mago.
—Es José, siempre está preocupado de que le lleguen los presentes a los niños a tiempo.

Escuché a los Magos despedirse, no sin antes dejar los regalos para Jesús. La marcha de vuelta fue muy rápida, como si hubiéramos volado. Melchor me puso suavemente en mi cama y se despidió. Hoy creo que para siempre. No he sabido más de él ni siquiera en mi dormitar.

Al rato percibí un olor conocido acercándose a mi habitación. Era el aroma de tabaco barato que usaba mi padre. Lo vi agacharse y tomar la caja con la hierba sin hacer ruido y dejar un paquete demasiado pequeño para ser mi anhelado tren. Luego acarició mi sien pensando que estaba profundamente dormido. Cuando salió me levanté, caminé de puntitas hasta el pasillo cobijado por la oscuridad y desde allí escuché a mi madre consolar a mi padre.

—Ya conseguirás trabajo —decía—. El niño es pequeño, todavía no sabe de necesidades. Dile que los Reyes Magos tienen muchas peticiones y se han confundido de regalo. Que el tren llegara el próximo año cuando se den cuenta del error.

—Sí, eso le diré —contestó él con su gesto de perro apaleado.

Regresé a mi cuarto y levanté el regalo mal envuelto. Lo abrí y encontré una pistolita de juguete. Ni siquiera jugaba a los indios y vaqueros, ¿qué iba a hacer con ella? «Imaginar... —pensé—, eso me enseñó Melchor». Guardé mi desilusión en la última esquina de mi cerebro, decidido a que mis padres no se percataran de mi pena. Imaginé que estaba en un pueblo del Viejo Oeste y que era el alguacil de lugar, respetado y admirado por todos, incluyendo los poblados de alrededor. Aun así, unos forajidos llegaron arriesgando la seguridad de los habitantes. Dispuesto a preservar la tranquilidad de mi gente, caminé desde la esquina y me puse en medio de la calle como *Clint Eastwood*. Como él usaba vaqueros, camisa de cuadros, un cinto para llevar mi pistola, botas con espuelas y sombrero.

—¡Es mejor que se rindan! —gritó el malhechor desde el otro lado de la calle principal.

—¡No estamos dispuestos! —grité—. ¡Los defenderé a todos!

Caminé unos pasos, mientras lo hacía, escuchaba el sonido de mis espuelas. No estaba nervioso, me sentía valiente. Conté hasta tres, saqué mi pistola —la que me había regalado papá—, y de un solo disparo acabé con el malvado. Los habitantes inspirados por mí, sacaron palos y cuchillos y terminaron con los mal venidos.

Así me pasé soñando todo el año, pero el tren no llegó. Por más que me esforzaba nunca pude tenerlo, ni en la más gloriosa de mis fantasías. La decepción me fue ganando. Empecé a tomar licor y a drogarme a escondidas de mis padres, para que me ayudara a imaginar el ferrocarril de mis sueños, pero nada. Mi padre no consiguió un empleo fijo. Mi madre enfermó de inanición. Nos dejaba la poca comida que teníamos a mi papá y a mí. A él porque era el hombre de la casa y a mí, porque la necesitaba para crecer.

Nunca más pude dormir profundamente. Comencé a pasear por los universos en mi preadolescencia, hasta cuando estaba en el colegio. Mis calificaciones eran desastrosas y la verdad es que prefería vivir en la irrealidad, entre sueños. Iba todos los días a la biblioteca para leer libros de astronomía y anatomía. Ese era todo el conocimiento que me importaba, aunque me reía de que los libros insistieran en que los viajes intergalácticos no eran factibles para el ser humano, cuando yo los experimentaba cada día. Nadie más cabía en mi existencia, no tenía amigos y tampoco tuve una primera novia terrícola. Temía tanto a la decepción. Adormilarme era mi única salvación. Le hacía el amor a la almohada cada noche hasta caer semi rendido, porque no podía —ni quería—, irme a la dimensión del reposo abismal. Mi primer beso se lo di a una chica en la Galaxia de Andrómeda. Mis amigos vivían en el espacio sideral. Sólo ellos me entendían y ninguno me traicionó jamás. Si existía la felicidad, eso fue lo más cerca que estuve.

Cuando me hice hombre comprendí que los Reyes Magos no existían y que no importaba si me portaba bien o no. En mis elucubraciones nocturnas, imaginé que podía asaltar un banco con la pistola que me regaló mi padre, y con el dinero podría comprar el ferrocarril que me tenía obsesionado.

—Estoy seguro de que dormitaba —le dije al juez, pero no me creyó.

Los testigos dijeron que me vieron entrar en el banco con un arma. Según ellos, el guardia de seguridad intentó impedir el robo y le disparé. ¡Lo hice con mi arma de juguete, estoy convencido de que así fue! No pude haberlo matado.

Llevo quince años entre dormido y despierto, viviendo una vida que no vivo, pagando por algo que hice en mi imaginación.

Me gusta estar ahí, en ese lugar donde mi padre es rico y me regala de todo, aunque nunca me dé el tren que quiero. Allí mi madre viste ropas bonitas, usa prendas brillantes como las estrellas y huele muy bonito. Unas noches viajo por lugares en otros mundos y me enamoro de extraterrestres. Me voy de fiesta con mis amigos hasta el amanecer sin temor a que me fallen. Otras, visito mi ombligo y me resbalo por el intestino grueso y me doy cuenta de que algo malo ocurre. Estoy enfermo, pero no importa. La muerte no me asusta. He estado en ella, muchas veces.

Loba de medianoche

Me abrazo a la almohada sintiendo que mi cuerpo arde sin remedio. Aprieto los muslos esperando alivio, pero no lo hallo. Sudo. Mi torso está húmedo, tanto como mi entrepierna. Gimo sintiendo mi vientre deseoso, ardiente, furioso. Me acaricio toda, despacio, suavemente —y bruscamente—, esperando alguna satisfacción, pero lo que quiero no está aquí. Me repaso una y otra vez hasta que me vence el cansancio y me duermo contrariada, inquieta, insaciable.

Sueño que corro por el bosque en una noche de luna llena. Unos lobos me persiguen y cuando me alcanzan no me devoran. Me observan y se pasean alrededor de mí. Pueden olfatear mi olor a hembra. Más aún, saben que estoy en celo. Veo que me miran con sus ojos pardos y brillantes y me enseñan sus colmillos afilados. No siento miedo. Se miran entre sí decidiendo quién me va a atacar. Escuchan que jadeo, excitada y resuelven atacarme todos a la vez. Se acercan poco a poco. Uno de ellos pone una pata sobre mi costado para mantenerme quieta mientras los otros con sus dientes rompen mis vestidos. Sus lenguas tibias lamen mis pechos hasta sentir mis pezones erectos. Toman turnos para lengüetear mi cuerpo. Siento su saliva caliente entre los dedos de mis pies, por mis piernas, por mi clítoris, por dondequiera que han pasado sus lenguas, gozando de la excitación que me causan. Me arrastran hasta las sombras, en donde soy presa de sus deseos. Y de los míos.

Un lobo sediento aúlla en la distancia. Los demás se detienen. El pelo de sus lomos se encrespa, sus sentidos se agudizan. Los animales no me quieren abandonar, por nada dejarían su caza. Esperan en silencio. Unos pasos seguros se escuchan sobre las hojas secas rompiendo el conticinio. Debo saber quién es cuanto antes. Desde donde está huelo sus hormonas agitadas, recorriéndole el cuerpo y descubro, que está tan enardecido como yo. Quiere poseerme. Quiero que me posea. Está dispuesto a enredarse con los demás y ganar. Los pasos se oyen más cerca. Ellos se miran unos a otros. No parecen asustados —al contrario—, los miro envalentonados, dispuestos a pelear hasta la muerte. Están obsesionados y no van a rendirse.

En la oscuridad de la noche su silueta se perfila y un rayo de luna me deja ver sus ojos amarillos. Me hundo en sus profundidades, él en las mías. Siento que me mira por dentro y lo sabe todo. Estoy desnuda ante él y lo quiero. Mi lobo ruge. Se abalanza sobre uno y otro desgajando sus gargantas, despedazándolos sin piedad. La sangre me alcanza, el olor metálico hiede, pero la pruebo y me gusta. La verdad me enloquece. Quiero más. Me levanto, voy hacia el único animal que todavía respira. Lo hace despacio —apenas perceptible—, pero yo lo escucho. Lo miro en su miseria, la vida se le acaba, pero antes yo debo tomar su fluido, aún caliente. Me arrodillo y chupo hasta que no le queda ni un hálito de vida. Me quedo sola con mi bestia en las tinieblas. Un dolor indescriptible me sacude las entrañas. Convulso sobre la tierra, me hiero con los cardos y la sangre brota de los pequeños capilares de mi piel. El animal se acuesta a mi lado y clava sus colmillos en mi garganta. Pienso que voy a morir, pero no. Una sensación de sosiego me inunda. Miro mis manos —ahora peludas—, y acaricio a mi lobo en la cara, dulcemente.

La luz de la madrugada me anuncia que es un nuevo día. Es hora de despertar. «Creo que dormida he tenido un orgasmo», me digo satisfecha. Me regodeo entre las sábanas un rato. Todavía falta un poco para que suene la alarma de mi despertador. Suena. Me levanto de mi cama despacio para ir al baño a prepararme para otro día de trabajo. Abro la llave del agua y me lavo la cara. Cuando me miro en el espejo, veo a la loba de la medianoche.

Goliat

Rebeca y Gonzalo esperaban con ansiedad a su primer retoño. A pesar de que la criatura se procreó, intempestivamente, en el asiento trasero del Cadillac convertible del padre de Gonzalo, resolvieron que sería bienvenida. Tan pronto lo notificaron a sus padres, quienes pusieron el grito en el cielo, decidieron casarse en una ceremonia sencilla a la que concurrieron algunos vecinos y amigos. Como en todas las bodas, los invitados maliciosos comenzaron a apostar por el tiempo que duraría la relación y cómo le iba a ir a la parejita luego de meter la pata. Ingenuos y enamorados como estaban, una cosa estaba clara; era que no habían considerado algunos detalles importantes que deben tomarse al formar una familia. Ninguno había terminado sus estudios y para la joven pareja resultaba bastante complicado manejar la situación económica. Dispuestos a salvar cualquier obstáculo, emprendieron su vida juntos, convencidos de que le iban a callar la boca a todos aquellos que les habían augurado tan nefasto futuro.

El muchacho enseguida consiguió un trabajo en una tienda de comestibles, que no pagaba mucho, pero al menos era un trabajo. Mientras que Rebeca —que era mucho más aguzada—, abrió una página porno en la que se mostraba desnuda desde su cámara web ante una pila de hombres enfermos que se excitaban viéndola en su estado y que pagaban una significativa cantidad de dólares que ella recibía directamente en su cuenta de PayPal.

Por supuesto, que el joven marido no sabía del lucrativo negocio de su esposita y se maravillaba de la forma tan eficiente con la que ella manejaba los gastos del hogar. La renta y todos los servicios se pagaban al día. Además, siempre había buena comida en la mesa. Ella se esmeraba cada día en recibirlo con un plato exquisito digno de un chef internacional; peinada, maquillada y vestida de una manera muy sensual. Gonzalo no tenía queja alguna de su matrimonio y se sentía afortunado de tener a esta compañera de vida. Él, muy adentro, se sentía orgulloso de lo buen proveedor que había resultado ser y de que su mujer no tuviera que poner un pie fuera del hogar durante el embarazo. «Si las cosas continúan así —pensaba—, no hará falta que Rebeca tenga que trabajar ni siquiera después del parto».

Rebeca continuó con su página web hasta que le llegó el momento de recibir a su tan deseado niño. Había acumulado suficiente dinero para que su vida financiera continuara boyante por algunas semanas, pero los gastos de la criatura rápidamente acabaron con sus ahorros. Pronto se dio cuenta de que tenía que volver a su «trabajo», pues los fondos escaseaban. El problema fue que cuando regresó a hacer sus espectáculos, se dio cuenta de que estaba perdiendo los clientes, pues los depravados sólo pagaban por verla cuando estaba embarazada. Viendo que sus finanzas se estaban afectando decidió tomar cartas en el asunto inmediatamente. No había pasado la cuarentena cuando la joven inició inesperados avances sexuales, que preocuparon a Gonzalo. No era que a él no le interesara reanudar su vida sexual —adoraba a su Rebeca—, sino que por ese mismo cariño que le tenía, quería seguir las instrucciones médicas para que se mantuviera sana. Pensaba, que eran jóvenes, que tenían tiempo suficiente y que esperar unos días más no le hacía. Ella por su parte, no dejó de insistir pues como todos sabemos, la vida se le iba en ello.

—Querida, ¿pero no se supone que esperemos los cuarenta días?
—No creo que importe mucho, además, es que me siento…
—¿Calenturienta?
—Pues sí… —dijo con voz seductoramente aniñada.

—Pero el doctor dijo que debíamos esperar… estás muy fértil…
—Sí, pero no me negarás que tú también quieres.
—Bueno, pues sí quiero… ¿No te hará daño?

Nada detuvo a Rebeca quien se valió de todas las artimañas femeninas para lograr su propósito. Insistió hasta que el muchacho cayó. Como era de esperarse enseguida quedó embarazada. Gonzalo ya no estaba muy contento, pues sabía que alimentar una boca más, aunque fuera pequeña, representaba una nueva complicación. Pidió un aumento de sueldo, pero el jefe lo negó argumentando que su situación financiera no se lo permitía.

—No me dieron el aumento —confesó derrotado al llegar a la casa.

—No te preocupes, sabes que soy muy buena administradora —dijo Rebeca besándolo dulcemente, sabiendo que podía resolver la situación.

—No sé qué me haría sin ti —confesó Gonzalo, agradecido de haberse encontrado con tan magnífica mujer.

El tiempo transcurría y el vientre de Rebeca crecía normalmente proporcionándoles la estabilidad económica que tanto ella como Gonzalo disfrutaban. Él le entregaba el cheque completo convencido de que ella hacía magia con el dinero. Pero como suele suceder en estos casos, y con la ayuda del demonio, una noche el computador se quedó abierto. A eso de la medianoche se escuchó en el apartamento una voz que llamaba insistentemente a «Goliat». La muchacha se levantó lo más pronto que pudo dado su adelantado estado, para intentar apagar el aparato antes de que su esposo despertara.

—¿Cómo está mi Goliatcillo? —preguntó el degenerado.

—Ahora no puedo hablar —susurró Rebeca, sin percatarse de que Gonzalo ya se encontraba detrás de ella.

—Pero déjame entonces ver un poquito de esa barriguita tan linda —insistió el hombre.

—¡Rebeca! —gritó el confundido esposo—. ¿Quién carajos es ese hombre? ¿Y quién es Goliat?

—¡Ay, mi amor! No me grites que me asustas —contestó mientras cerraba de un golpe la página.

—¡No me has contestado, Rebeca!

—Mi vida, es que pedí en el Facebook que me ayudaran a ponerle nombre al niño. No es para que te molestes tanto —dijo la mujer acariciando el rostro del marido.

—Pues, Goliat me parece un nombre muy feo.

—Descuida mi vida, no lo llamaremos así. Vamos a dormir.

Gonzalo, que no tenía ninguna razón para dudar de su esposa y de paso se estaba muriendo de sueño, se fue tranquilo sin hacer más berrinche. Pasaron unas semanas y todo continuó su curso. Hasta una noche en la que el joven estaba trabajando horas extras y tuvo que ir a la oficina de su patrón para preguntarle sobre un asunto laboral. Cuando se está acercando, escuchó la respiración agitada del hombre mientras lo escuchaba llamar deseoso a «Goliat» una y otra vez. Pensando que era mucha casualidad que el señor estuviera repitiendo este apelativo tan horrendo, entró al despacho agarrando a su respetable jefe con el miembro al aire, castigándose la vejiga a una velocidad asombrosa.

—¡Gonzalo! —gritó sorprendido.

—¡Ahora mismo dígame quién es «Goliat»! —reclamó acercándose a la pantalla del computador y empujando al hombre que todavía tenía en la mano su pene, para poder mirar lo que el otro veía. Podría decirse que Gonzalo apenas se sorprendió cuando vio el gigante vientre de su mujer al otro lado bailando en una tanguita y un sujetador encarnado.

—¡Rebeca! —dijo pegando la cara a la cámara—. ¡Voy para la casa ahora mismo!

La muchacha asustada por haber sido descubierta caminaba de un lado a otro del apartamento. Temiendo la reacción del marido empezó a preparar las maletas para regresar al hogar de sus padres. Cuando tenía casi todo listo, escuchó el ruido de la llave en la puerta. Gonzalo la miró de arriba abajo y se sentó en la mesa del comedor.

—Ahora mismo me explicas qué es lo que está pasando —ordenó.

—Si quieres me voy con mis padres. Creo que no hay mucho que explicar. Ya te habrás imaginado…

—Sí…

—Pero también quiero que sepas que gracias a este «trabajito» hemos subsistido todo este tiempo.

—También me doy cuenta de ello.

—Bien, entonces me voy.

—Pero ¿por qué te vas?

—Porque supongo que estarás avergonzado de mí y me pedirás el divorcio.

—No, Rebeca. Esto me lo debiste decir antes.

La muchacha lo miró confundida.

Han pasado cinco años desde que Gonzalo descubrió el secreto del negocio de Rebeca. Ya tienen seis niños y una mansión en un barrio formidable de la capital.

¿Qué cómo terminó la conversación aquella noche? La joven esposa confesó al marido a lo que se dedicaba mientras él se rompía la espalda trabajando en la tienda de comestibles.

—Ahora comprendo por qué querías embarazarte tan pronto —dijo Gonzalo abrazando a su preñada mujer.

—¿No me vas a dejar?

—Para nada, mañana mismo renuncio al empleo y me quedo en casa. De ahora en adelante les vamos a dar un mejor espectáculo a tus clientes, empezando desde el mismo momento de la concepción. A propósito —apuntó el joven haciendo una pausa en sus planes mentales—, ¿por qué te llaman «Goliat»?

—Yo no soy «Goliat», cariño.

—¿Y quién es?

—¿No te lo imaginas?

Claro que se lo imaginaba. Levantando a su mujer en brazos la llevó hasta la cama.

—Bien, entonces pongamos a trabajar a «Goliat».

Serena

Serena llegó a mi vida cuando mi madre murió. Yo era hija única y para mi padre la pérdida de mamá fue muy dura. Intentaba continuar con su vida y asumir sus responsabilidades conmigo, pero le costaba y yo lo notaba a pesar de mis seis años. Comía poco y por las noches parecía un ánima en pena. Luego de enviarme a la cama, se sentaba en el sillón del balcón hasta la madrugada a mirar a lo lejos sin hacer nada. No sé qué pasaba por su cabeza, pero nunca más he visto a nadie pensar tanto. A veces lo miraba llorar y entonces sí me daba cuenta de que extrañaba mucho a mi madre y sentía mucha pena por él. Otras veces suspiraba —pocas he visto suspirar a un hombre—, y se iba a acostar — solo—, en aquella cama fría y desierta.

Para entonces corrían los años 60 y los vecinos colaboraban unos con otros cuando este tipo de cosas sucedían. Doña Alberta, la vecina de al lado, se ofreció enseguida a velar por mí cuando llegara del colegio hasta que papá viniera del trabajo. Él le agradeció y hasta le preguntó cuánto tenía que pagarle; ella le respondió que no se preocupara por eso, que lo hacía con gusto. «Rosita lo habría hecho por mí», dijo, y mi padre asintió, agradeciendo de nuevo.

Serena se hizo mi amiga muy pronto. Jugábamos en la casa del árbol que mi padre construyó cuando yo cumplí cinco años. Recuerdo muy bien ese día de cumpleaños. Mamá tenía un traje de flores con enaguas de crinolina y unos zapatos de tacones blancos. Los dos estaban felices, esperando que los invitados llegaran. Venían mis primos, mis amigos de la escuela, algunos niños del vecindario y muchos adultos amigos de mis padres. Mi madre estuvo cocinando el día anterior toda clase de manjares. Mi padre siempre le decía que era muy buena en la cocina. Ella se reía a carcajadas por cualquier cosa. Era aquella risa la que llenaba la casa, la que enamoraba a mi padre y lo enloquecía.

Llegaron los invitados, entre ellos el jefe de papá con su esposa. Yo estaba jugando con una niña, cuando mi padre me preguntó si había visto a mi madre. Le dije que no. Luego me fui corriendo a la casa del árbol y allí me encontré a mi mamá con el jefe de papá. Ella tenía el traje y las enaguas de crinolina arriba y gemía. Pregunté si le dolía algo. Se asustó y confundida me dijo que debíamos salir de la casa. En ese momento vino mi padre. Mi madre, mi padre y el jefe se miraron unos a otros de manera muy extraña. Cuando se fueron todos y me acostaron a dormir, escuché gritos en el cuarto de mis padres. Mamá juraba que papá estaba equivocado de algo que yo no sabía, pero él estaba convencido de que tenía la razón. Desde ese día mi madre dejó de reír a carcajadas.

Serena y yo jugábamos a tomar el té. Preparábamos las tazas al estilo inglés y ella le echaba un líquido azul que estaba en un contenedor rotulado «anticongelante», que papá escondía en la casa del árbol. Comíamos galletitas dulces de manteca.

Después que mis padres tuvieron la pelea de mi cumpleaños las cosas cambiaron mucho. Por más que mamá se esforzaba en hacer las cosas bien, nada parecía arreglarlas. Sin embargo, él mantuvo la costumbre de prepararle el té antes de dormir y ella apreciaba que él continuara haciéndolo. Unos meses después mi madre empezó a sentirse mal. Se sentía débil y apenas podía levantarse de la cama. Mi padre pidió vacaciones del trabajo para dedicarse a ella y cuidarla. La llevaba al médico, pero no encontraban nada. Le mandaban complejos vitamínicos, pero seguía debilitándose. Empeoraba cada día, hasta que empezó a vomitar y a deshidratarse. Papá la llevó al hospital, pero era muy tarde. Mi mamá murió.

Esta tarde le dije a papá que me sentía mal y él me preguntó qué había estado haciendo. Le dije que jugaba con Serena a tomar el té. «¿Quién es Serena?», me preguntó. Le dije que era una amiga que venía a jugar al té conmigo en la casa del árbol. «¡Ay, Dios mío!», dijo angustiado, «¿De dónde sacan el té?». Le expliqué de dónde ella lo sacaba y se volvió como loco. Me tomó en los brazos y corrió al hospital. Le dijo al doctor que había tomado anticongelante.

El doctor me hizo estudios y descubrió que me estaba envenenando poco a poco. Pensó que mi padre me estaba dando anticongelante, pero le dije que no, que era Serena, mi amiga. Buscaron a Serena por todas partes, pero nadie la encontró. Mientras estaba en el hospital Serena vino a verme. Le dije que la estaban buscando y le pregunté por qué quería envenenarme. Me dijo que no quería hacerme daño. Que no sabía qué era aquel líquido azul que estaba en la casa del árbol. Luego se despidió con un beso. Cuando vino el doctor le dije que Serena había venido a verme, pero él dijo que nadie había venido.

Papá fue arrestado por matar a mi mamá y por tratar de matarme a mí. Yo no lo pude creer. Después lo metieron en la cárcel por muchos años. Ahora más que nunca necesito a Serena. ¿Dónde estará mi amiga?

Desaparecida

Carmen todavía se estaba regodeando en la cama cuando escuchó que tocaban la puerta insistentemente. Se puso una bata encima del pijama y se apresuró a abrir dejando la cadena puesta. Siempre lo hacía de esta manera por seguridad, sobre todo cuando su esposo estaba en viaje de negocios. Cuando se asomó estaban cuatro hombres frente a ella, dos policías uniformados y dos de los agentes de inmigración.

—¿Carmen García? —preguntó uno de los agentes de inmigración enseñando su placa.
—Sí... Soy yo —contestó un poco turbada.
—Tiene que acompañarnos, señora —continuó el mismo hombre.

Los demás estaba parados sin hacer o decir nada.

—¿Pero, por qué tengo que acompañarlos? No soy indocumentada.
—Eso lo decidirá un juez de inmigración, nosotros sólo vinimos a detenerla.
—Pero al menos déjeme llamar a mi esposo.

Carmen se giró para ir al teléfono. El agente hizo una señal a los otros y anunció que iban a tirar la puerta. Ella se apartó cuando vio que iban a empujarla. Una vez adentro los uniformados procedieron a esposarla.

—¡Oigan! Pero yo tengo mis derechos —gritaba mientras le torcían las muñecas para ponerle las esposas.
—Sí... Ajá —dijo el hombre burlón.
—Señor, yo soy puertorriqueña. Soy ciudadana americana de nacimiento.

Los hombres no le respondieron. Subieron a Carmen a la patrulla, encendieron el biombo y la sirena formando un escándalo como si llevaran a un criminal peligroso. Los vecinos salieron a ver qué pasaba. Ella iba sentada en el asiento de atrás asustada, confundida. Era la vergüenza más grande que pasaba en la vida. No sabía qué estaba sucediendo. ¿Estaría soñando?

Viajaron hasta el Centro de Detención de Inmigrantes, en dónde le tomaron las huellas dactilares y dos fotos: una de frente y otra de lado aguantando un letrero con la numeración que correspondía a su caso. Sus ojos ya estaban hinchados de tanto llorar.

—Por favor, déjeme llamar a mi esposo —suplicó.
—Primero tiene que ver al juez —respondió un guardia.
—¡Pero tengo derecho a una llamada! —reclamó.
—Sí, sí... Y a permanecer callada, y a un abogado... —contestó el hombre riendo —. Conocemos muy bien a las de su clase, señorita. Conocen mejor sus derechos que la gente decente.
—¡Soy puertorriqueña! ¿No entiende? —gritó Carmen frustrada.

El agente la llevó a una celda y la puso allí con otras mujeres. Miró alrededor y todas tenían la misma cara: puro susto, dolor, angustia. Se sentó en el suelo, en una esquina para que nadie le hablara. Esto era una gran confusión. Ella era ciudadana. Ella tenía licencia de conducir, un auto, una casa, un esposo. «Es una gran confusión», se repitió, «tan pronto Tommy se entere vendrá a buscarme». Acurrucada en su rincón se adormiló. No supo cuántas horas pasaron cuando abrieron la puerta de la celda y llamaron su nombre.

—Venga, señorita —dijo un agente distinto—. Tiene que ir a dónde el juez.
—¿Pero voy a ir así? —preguntó para que el guardia notara su apariencia—. Estoy en pijamas, oficial.

—No se preocupe —contestó—. El juez está acostumbrado y ha visto cosas peores.

La subieron en una camioneta en la que cargaban un grupo de mujeres en la parte de atrás. La mayoría hablaban en español. Había dos árabes y una asiática. Llegaron a un edificio en el que las hicieron entrar por la parte de atrás y volvieron a encerrarlas en una celda. Iban llamando una a una por turno. Luego las veía regresar llorando. Finalmente le tocó a ella. Volvieron a esposarla y la llevaron por un pasillo hasta un saloncito pequeño. Un hombre que estaba allí le dijo que era su abogado de oficio. El juez estaba hundido en su expediente, jamás levantó la vista.

—Señor juez —dijo Carmen.
—Usted tiene abogado —contestó el juez sin mirarla—. Si tiene algo que alegar, hágalo a través suyo.
—Abogado —susurró—. Yo soy puertorriqueña. Nací siendo ciudadana americana. Esto es una confusión. No se supone que yo esté aquí.
—¿Qué prueba tiene de que es ciudadana? —preguntó el abogado—. ¿Tiene el certificado de su nacimiento consigo?
—¡Pues claro que no! —contestó—. Si me sacaron de la casa, así como me ve. No me dejaron vestirme, ni agarrar ningún documento, ni llamar a mi esposo.
—Señor juez —dijo el abogado—. La señorita alega que es ciudadana americana.
—¿Tiene algún documento que lo acredite?
—No, Su Señoría.
—No podemos hacer nada hasta que presente prueba —respondió el magistrado dando un golpe con el mallete.
—Pero, ¿cómo voy a conseguir la prueba si no me dejan ni hacer una llamada? —gritó Carmen desesperada.
—Haga silencio, por su bien —recomendó el abogado.

El guardia la tomó por el brazo mientras ella se sacudía. «Esto no me puede estar pasando a mí», se decía llorando. De nuevo a la celda a esperar que procesaran a las demás, a la camioneta y al Centro de Detención. Al otro día el abogado vino a visitarla.

—Señorita —dijo solemnemente—, su situación es muy difícil. ¿Cuál es su verdadero nombre?

—¿Mi verdadero nombre?

—Sí. Estuve buscando sus datos, pero no aparece nada. De hecho, al parecer usted ha tomado la identidad de otra persona.

—¿Cómo? ¿Qué?

—Tiene que ser honesta conmigo. Soy su abogado, de otro modo no podré...

—¿Honesta? ¿Pero qué es lo que usted no entiende? —gritó histérica.

—Usted es la que no entiende, Carmen o cómo se llame.

—No confío en usted. ¡Quiero otro abogado! —exigió—. ¡Tengo derecho a una llamada! ¡Quiero hablar con mi esposo!

—Mire, señorita... —suspiró—. Yo estoy de su parte. El problema es que cuando hablé con el esposo de Carmen García, él negó que fuera usted.

Carmen sintió como una bofetada. Estaba desconcertada, desorientada.

—Abogado, ¿mi esposo al menos vio mi fotografía?

—Sí, lo citamos aquí cuando hicimos la investigación de su caso. Él alega que no la conoce. Que su esposa está en su casa.

—¿Pero mis documentos? Soy de Puerto Rico.

—No hay nada en los registros de las agencias ni en Puerto Rico ni aquí. No aparece el número de identificación social que nos informó. No hay certificación de su nacimiento. Es como si la hubieran borrado. Usted, no existe.

Fantasmas

La familia Sánchez era como cualquier otra de las que residían en la Calle 13. El padre, la madre y unos cuantos hijos hacinados en una vivienda de dos habitaciones. Alfonsina, la mujer, siempre embarazada, tirada en la cama en la que de noche dormían cuatro, pasaba el día mirando la televisión. Nunca tenía ganas de hacer nada y el apartamento apestaba a excrementos de bebé. Tres niños en pañales pasaban sus manitas pegajosas y llenas de mocos por las paredes, y el suelo siempre asqueroso gritaba por limpieza, pero ella estaba demasiado desganada para barrer o trapear.

A Alfonsina el hastío le ganaba. Cristóbal, el marido, salía de noche a buscar el sustento de su numerosa familia. Hacía turnos nocturnos pues era más eficiente a esas horas. Caminaba por el centro de la ciudad, velando y observando hasta el amanecer. En las mañanas regresaba con lo necesario para alimentar la familia hasta el siguiente día. Alguna vez había sido un hombre muy guapo, pero la preocupación había mellado su larga cabellera rubia y la pérdida de sueño hundía sus otrora bellos ojos azules.

Alfonsina prefería los alimentos frescos. El viejo refrigerador que tenían tampoco ayudaba a mantenerlos sin que se pudrieran. Cristóbal le había prometido un congelador, pero debido a su pobre economía y sus continuos partos, no había sido posible. Ella le reclamaba todo el tiempo pues cuando se conocieron él le había dicho que era rico y que nada le faltaría. Sin embargo, desde que se casaron por causa del primer embarazo, sostenerse resultaba cada vez más difícil. Su trabajo daba apenas para lo necesario y la familia seguía creciendo.

Ensio y Brenda eran gemelos. Eran los hijos mayores y ya iban a la escuela. Salían en las mañanas, después de llenar bien la panza, a enfrentarse al vecindario que los miraba como bichos raros. La palidez de su piel y el color transparente de sus ojos era tema de conversación para los residentes de la Calle 13. Los demás

67

niños, crueles al fin, se burlaban de ellos llamándoles «fantasmas», pero ellos ya estaban acostumbrados al ritual matutino, ignoraban las tonterías que les gritaban, sabiéndose superiores. Su padre les había explicado que su familia provenía de los países nórdicos y que eran herederos del propio Odín. Algún día no muy lejano, les había prometido, podrían mostrarse al mundo con todo su poder. De momento, tenían que mantener su perfil bajo, no era bueno que se supiera quiénes eran. Los niños obedecían con la esperanza de que pronto saldrían que aquella maldita calle.

Alfonsina escuchaba y se reía de su esposo. Para ella era un bueno para nada y los niños simplemente albinos. Los gemelos siempre estaban juntos. Por nada se separaban. Tomaban los mismos cursos y cuando la jornada escolar terminaba regresaban al piso en la Calle 13. Caminaban agarrados de la mano mirando hacia el suelo para evitar las miradas indiscretas de los vecinos. De vez en cuando, llevaban un bocadillo de vuelta para la madre y los hermanos menores que lo esperaban siempre ansiosos. A esa hora, Cristóbal dormía y trataban de no hacer ruido. Amaban a su padre entrañablemente, pues él los aceptaba como eran. Todas las noches antes de irse, les recordaba quiénes eran y que algún día no serían motivo de burla. A él no le gustaba que sus hijos trajeran comida a la casa, aún eran muy jóvenes, decía. Pero para la siempre preñada esposa era un alivio que los niños lo hicieran, de ese modo no tendría que cocinar, aunque nunca se preguntaba ni les preguntaba a ellos, de dónde la sacaban. Lo cierto era que gracias a esto la familia subsistía sin pasar hambre.

De los dos, Ensio era el más tranquilo y sabio. Brenda era como una espada, impulsiva y cortante. Para ella era muy difícil controlarse cuando comentaban sobre ellos. El varón trataba de confortar a su hermana, recordándole a cada paso que su momento llegaría. Un día que entró al baño de la escuela, otra niña la enfrentó.

—Eres un fantasma, eres un fantasma —le dijo mofándose.

— ¡Déjame! ¡No sabes quién soy!

—Claro que sé… Eres un estúpido fantasma.

—No lo soy. Yo soy descendiente del propio Odín — contestó acercando su cara a la de la otra y sus ojos transparentes echaron chispas que le quemaron la piel.

La niña quemada salió corriendo del baño gritando.

—¡Es una bruja! No es un fantasma, ¡es una bruja! Todos los que estaban afuera se quedaron perplejos cuando vieron las ampollas en el cuerpo de la muchacha y se fueron corriendo al ver que Brenda salía detrás de ella. Ensio agarró a su hermana del brazo.

—¿Qué has hecho? Ahora van a descubrirnos —le regañó.

—Estoy cansada. ¿No somos los descendientes de Odín? Ya no quiero andarme escondiendo.

—Es necesario. Tenemos que seguir ayudando a papá.

—No es nuestra culpa que haya caído en desgracia con los dioses.

—No hables así, Brenda.

—Fue él quien se casó con nuestra madre, una insignificante mortal que solo sabe parir.

Dicho esto, Brenda huyó. Ensio la buscó por todas partes, pero no la halló. Le aterraba regresar sin ella. ¿Qué le diría a su padre? Cuando era casi la hora de que Cristóbal despertara se dio por vencido. Él podía ver los pensamientos y los sentimientos de los demás, pero los de su hermana le estaban vedados. El niño regresó al apestoso piso sin poder esconder su angustia. Alfonsina estaba acostada en la cama como de costumbre, pero el padre ya se estaba preparando para salir a su trabajo nocturno.

—¿Dónde está tu hermana? —preguntó adivinando que algo grave pasaba.

—Se fue —dijo el niño mirando al suelo.

—¿Se fue? ¿A dónde?

—No lo sé, padre. Sabes que no puedo ver sus pensamientos. No sé en dónde está ni qué hace.

— ¿Estás seguro?

Ensio asintió.

—¿Qué pasa? —gritó la madre desde la habitación. —No digas nada —susurró el padre al niño—. Vengo en un momento. Voy a salir con los niños a comprar un material de la escuela —dijo levantando la voz y dirigiéndose a su esposa.

Juntos caminaron por el odioso vecindario. A esas horas pocas personas estaban en la calle, con excepción de los borrachos, los chulos y prostitutas que caminaban para arriba y para abajo de la maldita 13. «¿A dónde habrá podido ir esta niña?», se preguntaba y miraba de reojo a Ensio que cada vez parecía más atribulado.

—Ensio —dijo con voz calmada—, hijo ¿tienes alguna idea de dónde está tu hermana?

Ensio se echó a llorar.

—Padre, creo que Brenda está con nuestro abuelo.

—¿Con Odín? ¿Cómo es eso? ¿Cómo logró ella comunicarse con él?

—Necesitábamos comida, padre.

Un sordo gemido salió de las vísceras de Cristóbal y calló de rodillas delante de Ensio. De todo se arrepentía en la vida menos de sus hijos. Había renunciado a su lugar con los dioses por amor a Alfonsina, pero sobre todo al niño que ella llevaba en el vientre cuando abandonó el palacio de Asgard. Odín lo condenó al destierro hasta que se arrepintiera de su desobediencia.

—Volvamos a la casa —dijo luego de un rato cavilando.

—Pero ¿y Brenda?

—Yo lo arreglo.

Cristóbal dejó a Ensio en el portal del edificio. Luego caminó hasta un callejón oscuro y mirando a las estrellas convocó a Odín desde su pensamiento. Un rayo cayó del cielo y la noche estrellada se iluminó como el día. El tiempo se detuvo en la Calle 13. Una escalera dorada apareció a los pies de Cristóbal y este subió por ella despacio. Al llegar a los cielos se encontró a Brenda sentada en las piernas del majestuoso Odín.

—Padre —dijo—, devuélveme a mi hija.

—Es ella quien ha venido, Vali —respondió Odín llamando a Cristóbal por su verdadero nombre de dios—. ¿Estás arrepentido?

—¿De qué debo estarlo?

—De haberme desobedecido y abandonarme para ir con una simple mortal.

—Esa simple mortal, es la madre de mis hijos.

—Te dije que solo volvieras si estabas arrepentido —gritó Odín rabioso con los ojos encendidos de furia ante la respuesta.

—¿Puedo arrepentirme de mis hijos? —le increpó Vali—. Dime padre, ¿puedo? ¿No es por amor a ellos que le has estado dando alimento a mis espaldas para que no mueran de hambre?

Odín bajó la mirada y contempló dulcemente a la nieta. Vali era el de siempre, el de los sentimientos más tiernos, el dios de los amantes. Puso a la niña en el suelo, levantándose de su trono caminó hacia él. Lo tomó por los hombros examinando su aspecto desarrapado.

—No te ves bien —concluyó fundiéndose con Vali en un abrazo conciliador.

La familia Sánchez desapareció de la Calle 13. Nadie sabía a dónde se habían marchado. Al final eran fantasmas, concluyeron. Sólo los niños y los borrachos recordaban la noche que se puso de día en la que una escalera dorada bajó de los cielos. Pero nadie les creía. Los niños son fantasiosos y los borrachos alucinan.

El caso del taconazo en San Roque de Badalona

Desperté a eso de las tres de la mañana con la boca seca y desnuda. Había bebido tanto la noche anterior que apenas recordaba qué había hecho. Desde que Cecilia me había abandonado —se quejaba de que el trabajo lo era todo para mí—, tomaba casi todas las noches. Y digo que casi todas, porque cuando estaba inmersa en mi trabajo, apenas bebía ni agua. Hasta Espalader, mi jefe, me había hecho un acercamiento por el hedor a alcohol que expedía en algunas ocasiones, pero como estaban las cosas ni siquiera eso me importaba. Yo, la super eficiente detective Emilia Iceta, me había tirado al desperdicio por causa del amor.

Miré intuitivamente el móvil. Francisco Martínez, mi compañero, había dejado varios mensajes de texto para que me comunicara de inmediato. Lo cierto es que más que un compañero era un amigo. Hasta teníamos los mismos gustos: rubias de piernas largas y senos enormes. Era mi paño de lágrimas desde que mi relación terminó, se las ingeniaba para taparme de Espalader y de todos en la comandancia. «Hoy por ti y mañana por mí», con esa frase cliché me subía en el primer taxi hacia mi fabuloso apartamento en San Roque de Badalona.

Cuando solicité empleo en Barcelona, Cecilia estaba feliz. La pobre tenía una idea romántica de la ciudad. Se imaginaba caminando por las Ramblas, por el Barrio Gótico o por el de Gracia, fabulosa con su melena rubia y sus tacones rojos. Cuando supo que iríamos a San Roque le dio un ataque. Que no quería vivir entre gitanos, que eran gente de poca monta, asesinos y violadores. Le expliqué que precisamente por todas estas razones estaba abierta la plaza de detective y que pagaban bien. La convencí con la promesa de que en pocos años me ascenderían y podríamos mudarnos a un lugar mejor. Pero ella no tuvo paciencia y al pasar el primer año se fue alejando, ya no sentía lo mismo.

Luego de ir al baño y pasar por el refrigerador por una cerveza, llamé a Francisco.

—¿Qué diablos te pasa que llamas con tanta urgencia? —reclamé.

—Emilia, estamos aquí en la escena de un asesinato. Espalader pregunta por ti. Le dije que estás en uno de esos días y que no te sentías bien. Así es que, si hueles a alcohol te recomiendo que te des un baño, te laves bien la boca con antiséptico y vengas ahora mismo.

La urgencia en la voz de mi compañero fue suficiente para despabilarme. Seguí sus instrucciones al momento y me presenté a la dirección que me había indicado. Cuando llegué ya habían acordonado el perímetro y podían verse los gitanos arremolinados alrededor de la escena. Con dificultad me hice paso entre ellos. Francisco alcanzó a verme y acudió a mi rescate.

—¿Qué ha pasado? ¿Quién es el muerto que hay tanta gente alrededor? —pregunté.

—Los gitanos están tratando de averiguar si es uno de ellos —respondió Francisco.

—¿Y es? Porque de ser así…

—No, no es. Es una turista polaca.

—Ah, ¡qué bueno!… Bueno, ya sabes a lo que me refiero.

—Sí, sé. No estamos como para una venganza gitana.

—¿Qué pasó entonces?

—El esposo cuenta que una prostituta se le acercó y que él le dijo que no estaba interesado, pero la mujer insistía. La esposa se mortificó y llamó a la mujer aparte, pero que no se sabe qué le dijo. Entonces la prostituta enfureció, se quitó un zapato y le propinó un golpe tan fuerte que el tacón se le quedó incrustado en el ojo.

—¡Auch! Me dolió… ¿Alguien más ha dicho algo?

—Nadie. Sabes cómo son, herméticos.

—A ver por dónde empezamos —dije caminando hacia el afligido esposo—. Señor…

—Borzym…, señorita, mi nombre es Borzym —contestó en perfecto español.

—Mi nombre es Emilia Iceta, soy la detective a cargo de la investigación del asesinato de su esposa —me presenté extendiéndole la mano.

—¿Usted? Pensé que era el otro…

—Sí, trabajamos juntos, pero a veces yo dirijo y otras él. Así dividimos equitativamente los casos. Claro, si no tiene usted objeción.

Muchas veces me daba cuenta de que las perjudicados tenían más fe en el detective masculino. Me divertía enfrentándolos a sus prejuicios y verlos nerviosos, tratando de aclarar que no tenían preferencias. En fin, que obviaban el sexto sentido femenino el cual no sólo yo, sino Espalader y Francisco, consideraban uno de mis mayores activos.

—No, claro. No tengo ninguna objeción —contestó el señor Borzym.

—Bien, entonces vayamos a la comandancia para hacerle algunas preguntas. Le veo allá.

Subí a mi vehículo y le pedí a uno de los agentes que llevaran al esposo de la mujer asesinada a la delegación. Cuando llegó lo llevé a mi oficina.

—¿Desea café, té o algún refresco?

—Un poco de té, por favor.

Borzym era un hombre alto, de cabello y ojos castaño claro. Me daba la impresión de que estaba demasiado tranquilo para lo que había vivido hacía sólo unas horas. Tan pronto le trajeron la bebida se quedó mirando el fondo de la taza.

—¿Se siente mejor? —pregunté para romper el hielo.

—Sí… creo que sí.

—Señor Borzym, ¿había visto a la mujer que agredió a su esposa anteriormente?

—No creo.

—¿No cree? ¿Cómo debo interpretar su contestación?

—Es que he visto varias que se le parecen. Las gitanas se parecen mucho unas a las otras.

—O sea, que usted identifica a la mujer como gitana.

—Estoy casi seguro, podría decir.

—¿Podría identificarla si la ve?

—Tal vez...

—¿Me podría dar alguna descripción?

—Cabello largo, ojos oscuros, piel cobriza. No muy alta...

—Ya veo, así son casi todas. Tiene razón —. ¿Alguna cosa que la diferencie de las otras?

—No, que yo lo notara.

Sabía que Francisco y Espalader miraban a través del cristal de visión unilateral, de manera que luego podíamos intercambiar ideas sobre lo que el interrogado declaraba.

—¿Tenía usted alguna razón para asesinar a su esposa?

—¡¿Qué?! ¡¿Cómo me hace esa pregunta?! ¡Yo soy la víctima aquí!

—En casos de homicidio siempre hacemos esta pregunta, señor Borzym. La pareja sentimental es el primer sospechoso. Es rutina, ¿usted entiende?

—Entiendo, pero no me agrada. ¿Ya puedo irme o es necesario que llame a un abogado?

—Puede irse, por supuesto. No está arrestado.

Lo vi irse nervioso, inquieto. Más de lo que estaba cuando lo vi por primera vez. Unos minutos después Francisco entraba en mi oficina.

—El tipo pidió hablar con Espalader.

—Eso ya lo esperaba.

—Es que se la has metido sin vaselina.

—Lo sé —contesté—. ¿No te pareció que estaba muy tranquilo en la escena del crimen? No se le salió ni una lágrima.

Francisco se quedó meditabundo. Siempre decía que no todo el mundo reaccionaba igual. El tío era polaco, pero por más sangre fría que fuera, habían asesinado a su esposa y en su presencia. Llamé a García para que me diera los resultados de la autopsia en cuanto fuera posible. También a Rodríguez del laboratorio para prueba de huellas, DNA, fibras y cualquier cosa que pudiera ayudar con el caso. Estaba segura de que algo habría en el bendito zapato que pudiera dar luz sobre este asesinato.

Por la mañana salí con Francisco a visitar el barrio gitano. Tocamos muchas puertas, pero como siempre, nadie nos daba ninguna razón. Una anciana vestida con traje de colorines y una bandana en la cabeza, nos dijo que estaba harta de las muertes en el vecindario.

—Los turistas pasan a vernos como si fuéramos animales de feria. Critican nuestra cultura, cómo vivimos la vida, pero siempre buscan una leída de manos o una tirada de cartas para que le adivinemos el futuro.

Ya no se podía vivir en paz, se quejaba sobrecogida. Decía que si era de los Baltasares el lío iba a ser mayúsculo.

—¿Qué le hace pensar que esto tiene que ver con los Baltasares?
—No... nada —contestó como si se diera cuenta de que había abierto mucho la boca—. ¡Ah! Ya para qué... Se dice que la gitana es de ese clan. Nadie puede tocarla.

Con esta aseveración dejamos a la anciana. Por lo menos una pista, aunque fuera ínfima, pero algo tendríamos para trabajar y callar a Espalader por un rato. La verdad es que no es fácil manejar a los gitanos, sobre todo a los Baltasares. Son bravos, vengativos, se protegen unos a los otros, pero esto de no poder tocarles… Veríamos.

Nos dirigimos al jefe del clan y le comentamos que teníamos una pista sobre el homicidio de la polaca y que pensábamos que la mujer envuelta podía ser parte de la familia.

—¿Una Baltasar prostituta? ¿Sabe lo que dice detective? —preguntó el hombre indignado.

—Es lo que me han sugerido. No tengo nada en contra de su clan. La verdad es que prostitutas hay en todas partes. No discrimino, señor —observé.

—Si fuera uno de los nuestros el muerto, ustedes no tendrían que estar aquí. La justicia gitana no es como la suya, es un muerto por un muerto. Pero como la mujer que falleció era polaca, no es asunto nuestro.

—Pero sí es nuestro, y si alguno de ustedes está involucrado, pronto lo sabremos —concluí antes de irnos.

Francisco estaba con la mente en otro lado durante todo el intercambio que tuve con el jefe de los Baltasares.

—¿Qué pasa contigo? ¿Estás dormido? ¿Enamorado?

—Estoy pensando en una mujer preciosa que conocí hace poco.

—¡Ajá! Hace ratito que nadie te mueve el piso. ¿Y cómo es? ¿Rubia, de piernas largas y senos enormes?

—Para que sepas, no. Rompe todos mis esquemas. Quedé en irla a ver esta noche a la discoteca Nirvana. ¿Quieres ir?

Hacía mucho que no me daba una vuelta y estaba encerrada en mí misma. Quizá ya era tiempo de olvidarme de Cecilia. Más o menos a las diez entramos a Nirvana. Nos sentamos en la barra y pedimos cervezas al barman. Francisco me dijo que iba al baño y yo me quedé sentada mirando el ambiente. Pasó como media hora y moría de aburrimiento. Al ver que no regresaba decidí ir a buscarlo para despedirme. Lo encontré en la oscuridad, pegado a la pared, besando a una mujer. Supuse que era de quién me había hablado.

—Francisco —lo llamé—, me voy.

—Espera Amelia, quiero presentarte a Adriana, mi chica.

La miré en las tinieblas y ciertamente no era del tipo nuestro, pero si a él le gustaba, era todo lo que importaba. La saludé con un gesto de la cabeza y me despedí. Al día siguiente llegué temprano y todo el mundo lo notó. Me di cuenta de que había dejado mi trabajo abandonado por mucho tiempo. Sin embargo, este caso, tenía algo enigmático.

Francisco llegó más tarde. Le pregunté cómo le había ido con Adriana.

—Es una chica difícil —contestó.

Difícil podía significar cualquier cosa. No quise preguntar más. Cuando él quisiera me daría más detalles. Me puse a leer los datos del caso y los agentes que llegaron primero a la escena reportaban que los testigos no podían describir muy bien a la mujer, pero que les parecía gitana. Pasé el día leyendo apuntes y esperando por la autopsia.

—¿Qué vas a hacer esta noche? —pregunté a Francisco.

—Pues nada —contestó—. Esta noche no veré a Adriana. Es un poco complicada. Quiere tocarme, hacerme sexo oral, pero dice que no quiere perder su virginidad. En esta época, ¿no te parece raro?

—Un poco, sí… —dije sin darle mucho pensamiento.

Eran las siete de la noche, cuando salí de la comandancia y alcancé a ver a una mujer que se me pareció a Adriana. Llevaba un vestido ajustado, el pelo rizado y mucho maquillaje. Tenía los senos muy grandes, como si se los hubiera hecho. No la saludé porque no estaba segura.

—Hola —dijo ella.
—Adriana, perdona —contesté—. No te reconocí.
—¿Y Francisco?
—Ya sale.

Seguí caminando hacia el aparcamiento. Saqué un cigarro y lo encendí. Mientras echaba una bocanada mi mente echó a correr. Adriana era muy bonita, pero su voz era algo ronca. Ahora entendía su negativa para tener sexo. Decidí regresar, pero ni ella, ni Francisco estaban. En eso llamó Rodríguez para indicarme que ya tenía las pruebas de laboratorio. El DNA del zapato era de hombre. A la señora Borzym la asesinó un transexual y gitano.

Salí a toda prisa en mi auto al apartamento de Francisco. Subí los cuatro pisos de escaleras corriendo. Me faltaba el aire cuando toqué la puerta. Enseguida abrió.

—Amalia, tienes que entrenar más a menudo.
—¡Estúpido! ¿Estás solo?
—No. Estoy con Adriana.
—Adriana es hombre —susurré.
—Ya lo sé. De eso estábamos hablando cuando llegaste.
—Es que Rodríguez me ha dicho que el asesino de la polaca es hombre.
—Ya. ¿Y tú piensas que es Adriana?

De la sala salió la peculiar voz ronca de Adriana.

—No he sido yo, pero puedo ayudarles. Conozco a todos los transexuales de mi comunidad.

Accedí a la ayuda de Adriana. Ella conocía bien a San Roque y supuse que no eran muchos los transexuales de los alrededores. Dos días después llamó con la información vital para la resolución de este caso. El señor Borzym no era del todo inocente. Por varios meses había sido amante de un gitano transexual llamado Gypsy. Había conspirado con él para llevar a su esposa al barrio y de este modo no ser sospechoso. Cuando los capturaron, Gypsy estaba vestido de hombre y a punto de dejar Barcelona hacia Polonia.

Francisco está feliz con Adriana. Me ha dicho que ya han superado lo de las relaciones sexuales. Hoy recibí una llamada de Cecilia. Dice que quiere reunirse el viernes conmigo en el Nirvana. No sé. Creo que ya no me interesa.

El taxista indio

Agyakar, un inmigrante que arribó a la ciudad de Nueva York en el año 2005, llegó a la Gran Manzana huyendo de la insurgencia, las amenazas de terrorismo y la pobreza extrema en que vivía su familia en Nueva Delhi. Profesaba el sijismo, una religión que surgió a finales del siglo XV, en un ambiente saturado de conflictos entre el hinduismo y el islam. Agyakar era muy obediente a sus creencias, por lo que mantenía su cabello azabache sin cortar, siempre debajo del turbante. Llevaba un brazalete de oro y un kirpan o espada pequeña, objetos que lo identificaban como un verdadero sij.

Desde que llegó a los Estados Unidos, Agyakar comenzó a trabajar en lo que apareciera, hasta que pudo comprar el vehículo que usaba como taxi. Su negocio era más o menos próspero, hasta que ocurrieron los ataques del 911, que trastocaron para siempre, la seguridad de los habitantes de la ciudad neoyorquina. Desde entonces los pasajeros que se animaban a subir con él, lo miraban con desconfianza. Algunos, le pedían que se quitara el turbante, por lo que constantemente tenía que explicar que mantenerlo era parte de su religión. Con el advenimiento de UBER y LIFT —las nuevas compañías de trasporte público que competían con los taxis—, sus ingresos habían disminuido, más aún. A cualquier ser humano esto lo preocuparía, pero él vivía en continua meditación y las riquezas materiales no le quitaban el sueño. Trabajaba para tener lo suficiente para sostenerse y enviar a sus familiares en la India, un poco de dinero.

Astrid era una bailarina exótica en un bar cuyo propietario era un traficante de armas, quien lo usaba para lavar dinero de sus negocios ilegítimos. No había hombre que se le resistiera. Era alta, de curvas exuberantes, mirada sensual y cabellos castaños que le llegaban a la cintura. Bailaba en el tubo como ninguna de sus compañeras y probablemente, lo hacía mejor que ninguna otra en toda la ciudad. Era curiosa —demasiado—, y solía meterse en líos a menudo.

Agyakar había extendido su horario de trabajo, para compensar sus pérdidas. Pasaba por la décima avenida a eso de las diez de la noche, cuando salió una mujer corriendo de un hotel y se le atravesó en frente. El taxista tuvo que pisar el freno hasta el final para evitar atropellarla. Ella traía los ojos desorbitados y se subió en el asiento del frente del taxi.

—Señorita, debe cambiarse al asiento de atrás —dijo Agyakar con su evidente acento indio.
—No tenemos tiempo… ¡Siga! —urgió Astrid.

Agyakar continuó la marcha sin saber hacia dónde. Casi podía escuchar los latidos del corazón de la joven, pero no se atrevía a preguntar qué le pasaba. No era su asunto, pensó. Así que estuvo dando vueltas por los teatros de Broadway, por el Time Square y llegó hasta el Liberty State Park de New Jersey, desde donde se podía apreciar la Estatua de la Libertad. Miraba de reojo a la mujer, pero ella seguía en silencio y sin ofrecerle ninguna dirección. De un momento a otro, comenzó a sollozar histérica. ¿Y ahora? ¿Sería el momento para intervenir?

—Señorita…
—Shhhhhh…. —. Puso el dedo en sus labios para advertirle que no le dijera nada.

Ya habían dado tantas vueltas, que el tanque de gasolina del carro estaba vacío. Agyakar se acercó a una gasolinera que quedaba de camino y lo llenó por completo, pues algo le decía que la noche sería larga. Tenía hambre y pensó comprar algo de comer. Dejó a la mujer en el carro, entró a la tienda de conveniencia y saludó al dependiente. Decidió ir al baño para aprovechar. Cuando salió, vio a Astrid encañonando al dependiente con un revólver. Alarmado, Agyakar preguntó qué hacía y ella disparó, matando enseguida al trabajador. Luego, le apuntó y le señaló con el arma la salida.

Subieron de nuevo al taxi, esta vez ella se sentó en el asiento trasero. Agyakar, temblaba.

—¿A dónde quiere que la lleve?
—Siga conduciendo, no hable más…
—Dentro de poco la policía estará buscándonos. La tienda tenía cámaras de seguridad.
—Ya le he dicho varias veces que se calle.

Agyakar decidió salir de la ciudad. De camino, se cruzaron con varias patrullas de la policía que iban en dirección a la tienda de conveniencia. Él siguió sin levantar sospechas. El celular de ella sonó. Al principio lo ignoró, pero como el que llamaba era insistente, no tuvo otra opción que contestar. De lo que escuchó, el taxista pudo adivinar qué Astrid se negaba a ir al lugar que le pedían. Entre sollozos y gritos encolerizados, le pedía cuentas al que llamaba. Rabiosa, colgó. El taxista —que la miraba por el espejo retrovisor—, le vio encender un cigarrillo, pero no se atrevió a decirle que no se podía fumar en su taxi. Decidió ponerse en meditación por si esta era la última noche de su vida.

El otro

Raúl se detuvo al frente de la puerta. Miró para todos lados antes de sacar la llave y abrirla. Se metió rápidamente. Miró por las ventanas para ver si alguien le seguía corriendo las cortinas de inmediato. Su corazón latía de manera acelerada. Su boca estaba seca, le sabía a metal. Se llevó las manos a la cabeza moviéndola de un lado a otro. Luego se tapó los oídos.

—Estoy seguro de que nadie me seguía —dijo.
—De nada se puede estar seguro en la vida. Tal vez haya alguien escondido —advirtió el otro.

Caminó sigiloso por el pasillo. Abrió todas las puertas, incluyendo las de los armarios y hasta la del refrigerador. No había nadie. El miedo lo paralizaba por momentos. Sollozaba. Se dirigió al baño, cerró la puerta y abrió el agua caliente del lavabo. El cuarto se llenó de vapor. Entonces metió las manos en el agua hirviendo. Con un cepillo y jabón se las estregó hasta que estuvieron enrojecidas. Agarró una toalla blanca para cerrar la llave. Se secó las manos y con los codos abrió la puerta para no ensuciarlas. Fue a la cocina para preparase un emparedado. Miró sobre la encimera donde estaban los cuchillos. Faltaba uno.

—¿Dónde lo habré puesto? —se preguntó en voz alta.
—Nunca sabes en dónde dejas las cosas —contestó el otro.
—¿Cómo que no sé?
—Eres descuidado. Siempre estás distraído.
—¡Cállate! ¡Ya me tienes hastiado!

Risa. Esa fastidiosa risa. Furioso abrió los cajones en búsqueda del cuchillo extraviado. Mientras buscaba las carcajadas eran más y más fuertes. Estaba al punto del completo desespero, cuando recordó que había tomado el cuchillo para ponerlo en el cajón de la mesa, al lado de su cama, la noche anterior cuando escuchó un ruido en el patio. Fue un golpe seco, como si alguien se hubiera caído. Fue al cuarto, miró en la mesa y allí estaba. Lo tomó en sus manos y por un momento dudó si debía dejarlo allí o devolverlo a la cocina. Se decidió por lo segundo. Alguien podía entrar en la noche y lo iba a necesitar.

Raúl volvió a mirarse las manos, le pareció que estaban sucias otra vez. Así que regresó al baño y repitió el ardiente ritual. Tomó el cuchillo y regresó a la cocina para hacerse el emparedado. Con cuidado abrió la envoltura del pan. Sacó el jamón, el queso y la mayonesa. Cuando abrió el pomo, le pareció ver algo que se movía en el interior. Fijó la mirada adentro del envase hasta que vio unos gusanos que se hundían y salían de la crema. Con horror lo soltó desparramando el contenido por el suelo. Nervioso, agarró el papel toalla para limpiar. Apenas podía aguantar las ganas de vomitar. Arqueaba asqueado mirando los gusanos que se levantaban a sacarle la lengua. Buscó el frasco de amonio, regando el detergente en el piso hasta el punto de no poder respirar. Cuando empezó a toser se tapó la nariz y la boca, abrió las ventanas para que saliera el penetrante olor.

—¿No tienes hambre? —preguntó el otro.
—¿Qué te importa?
—Los gusanos son sabrosos. Si le sacas la cabeza te puedes chupar lo de adentro.

Ya no pudo más. Salió corriendo al baño a vomitar la bilis. No tenía nada en el estómago. No acostumbraba a comer nada en la calle ni en el trabajo. Le daba asco no saber quién manejaba los alimentos y de dónde los sacaban. Había escuchado tantas historias. Cuando terminó se miró las manos y procedió a exfoliarlas de nuevo. En este punto, ya le sangraban las ampollas que con el tiempo se había causado.

—Échate alcohol —ordenó el otro.
—¿Alcohol?
—Sí, todavía tienes las manos sucias.

Raúl buscó en el botiquín el alcohol y se lo puso en las manos. Sintió un ardor terrible que le quemaba. Abrió la llave del agua fría y las metió sintiendo algo de alivio.

—¿Por qué me engañas? —preguntó al salir del baño.
—Porque eres un tonto.

Raúl escuchó más carcajadas burlonas. Las manos le quemaban y sintió rabia. Buscó el cuchillo para acabar con la risa que lo aturdía. Fue entonces cuando escuchó el golpe seco de nuevo en el patio. Corrió hacia la ventana, entreabriéndola miró, pero ya estaba oscuro. Antes tenía un foco que alumbraba el jardín, pero se había fundido. Estaba seguro de que alguien lo había dañado a propósito.

—¡Maldito sinvergüenza! —gritó colérico.
—Sal a ver qué pasa.
—¿Cómo voy a salir si hay alguien afuera?
—¿Para qué quieres el cuchillo? ¿No es para defenderte?
—Sí, sí... claro.

Tenía miedo, mucho miedo. Tanto que estaba a punto de llorar. Buscó una linterna en la cocina, abrió la puerta que daba al patio, despacio. Se armó de valor, del cuchillo y salió. Con la lámpara alumbró una esquina del jardín. Algo se movía allí. Caminó en dirección a lo que se movía. Otro golpe seco a sus espaldas. Se volteó rápidamente mirando hacia la casa. Alguien lo espiaba por la ventana.

—¡Ya está bueno! —gritó—. ¡Sal de ahí!

Avanzó hacia la casa. Una bellota cayó del árbol y le dio en la cabeza. Pensó que alguien se la había tirado.

—¿Por qué te escondes en la oscuridad? ¡Da la cara,

cobarde!

Raúl comenzó a gritar improperios. Tanto gritó que el vecino salió para ver qué sucedía.

—¡Mire, cállese! —gritó el vecino—. ¿No ve que ya es tarde?

—¿Por qué no sale, le digo?

El vecino se asomó por la ventana y vio a Raúl con el cuchillo en la mano. Por supuesto que no iba a salir. Ese hombre era peligroso. Tomó el celular y llamó a la Policía. Cinco minutos después, llegaron cinco patrullas iluminando con sus luces azules y rojas el vecindario. Algunos vecinos salieron para mirar qué pasaba. Desde las patrullas, los uniformados pudieron ver al hombre que vociferaba insultos desde su patio. Se bajaron de sus carros y se reunieron para decidir qué iban a hacer con el hombre.

—¡Hay alguien aquí! —gritó Raúl agitando los brazos, pero la distancia y el ruido de los radios en las patrullas no permitieron que los agentes escucharan lo que decía. Lo único que podían ver era el brillo del cuchillo en la oscuridad.

—¡Señor, baje el arma! ¡Ponga el arma en el suelo! —ordenó uno de los policías.

—No lo hagas, Raúl... Es una emboscada. Lo que quieren es que no puedas defenderte —le susurró el otro al oído.

Raúl caminó hacia adelante sin soltar el cuchillo, sonó un disparo y cayó al suelo. Los policías corrieron hacia él para verificar si aún estaba vivo.

—Sigue con vida —afirmó uno de ellos—. Llamen a la ambulancia.

Cuando llegó a la sala de urgencias el médico que le atendió le reconoció enseguida.

—Este hombre está enfermo —apuntó el galeno—. Padece una enfermedad mental.

La confesión

—Bendición, madre —dijo Ágnes mientras le besaba la mejilla de su progenitora.

—Parece que se te había perdido el camino —respondió la vieja mujer retorciendo el rostro en una mueca de disgusto.

—Ya te había dicho que iba a hacerme la operación —contestó la hija.

—¿Qué operación?

—La del estómago, madre. Para bajar de peso.

—¡Ah! Esa... Total, te ves igual de gorda. Siempre has estado muy gorda —observó la vieja, mirándola de arriba abajo en detalle.

—He perdido peso... ¿No lo ves?

—No. Además —dijo empujando su dedo índice en la boca de su hija—, tienes los dientes amarillos.

—¿Es que nunca podré complacerte? He perdido peso y mis dientes son del color que son los de cualquier persona. ¡No lo puedo creer, madre! —declaró frustrada—. Me he sacado la mitad de uno de mis órganos vitales sólo para bajar las libras que me sobran, para que me vieras diferente, para que estuvieras contenta, para que me vieras bonita. Y ni aun así logro hacerte feliz —reclamó Ágnes con evidente dolor en sus palabras.

—Sabes bien que siempre fuiste un dolor de cabeza para mí.

—Ya sé. Por qué no fui como tu otra hija, Doña Perfecta —apuntó sarcástica.

—¡No le llames así! Ella siempre me llenó de orgullo. Siempre fue delgadita, estudiosa, obediente y se casó virgen.

—Sí... entiendo. La hija que toda madre quiere tener.

—Pues, sí. Me llenaba de satisfacción y orgullo. ¿Por qué no pudiste ser como ella? —reclamó llevándose las manos a la cabeza.
—Porque no soy ella. Nunca pudiste ver mis logros. También estudié. Soy buena persona. Pero dime, madre, esa hija a la que tanto adoras, ¿dónde está ahora?

—Tú sabes que no puede venir. Trabaja mucho. Es una persona importante en la administración de su empresa —ripostó defendiendo a la hija ausente.

—Sí, eso ya lo sé. No la has visto en dos años, ni te llama por teléfono. Creo que ni le importas —dijo sonriendo mordaz—. Me pregunto, ¿alguna vez he hecho algo importante para ti?

—Sólo has sido un fracaso.

—¿Por qué? ¿Porque me casé muy joven? ¿Porque me divorcié?

—¡Las mujeres divorciadas no valen nada!

—¿Preferirías entonces que me hubiera dejado maltratar? ¿Que dejara que maltrataran a mis hijos? ¿Qué viviera con un hombre alcohólico y enfermo? Eso ni en mil años lo iba a permitir, madre.

—¿Y qué hiciste luego de divorciarte? Correr de hombre en hombre...
—¡Cállate! No sabes lo que dices —la interrumpió Ágnes

quien ya estaba a punto de llorar—. Hay tanta gente que piensa como tú. Hay tantos hombres que piensan como tú. Pues tú y ellos están equivocados. Yo valgo, no te necesito a ti para que me lo digas —suspiró—. ¿Es que nuestras visitas siempre van a transcurrir así?

—No te gusta que te diga la verdad. No la soportas.

—No es la verdad la que no soporto. Es tu falta de amor.

—Tu padre te amaba lo suficiente por los dos...

—¿Mi padre me amaba? ¡Mi padre me tocaba con sus manos asquerosas!

—¿No me digas que a ti no te gustaba?

—¡¿Qué?! —preguntó Ágnes sorprendida, con el nudo en la garganta y ganas de golpear a aquella insensible mujer—. Cuando te conté no me creíste. ¡Dijiste que era mentira!

—Siempre has sido una mentirosa. ¿Por qué habría de creerte?

—Porque yo era una niña pequeña y no tenía quién me defendiera. Sólo te tenía a ti y como respuesta me rapaste la cabeza para que aprendiera a no decir mentiras. No sabes el daño que me hiciste. ¿De qué estás hecha?

—Eres tan dramática, hija. ¿Sigues con el tratamiento psiquiátrico?

—¿Y eso qué te importa?

—Pregunto, porque al parecer no te está ayudando para nada. Siempre reclamando, siempre quejándote. ¡Madura ya!
—No sé por qué todavía te visito. Eres muy cruel.

—Es tu obligación. Soy tu madre.

—¿Y tú? ¿Tienes obligaciones conmigo?

—Ya te crie. Te vestí, te alimenté, te cuidé. Cumplí con la mía.

—Pero tenías que amarme también.

—¿Vas a seguir con eso?

—Hasta que te mueras tú o me muera yo, sí. Mira, cumpliré contigo, pero de ahora en adelante será bajo mis términos —advirtió Ágnes enfadada—. De ahora en adelante no me dirás que estoy gorda o que mis dientes están amarillos. No harás ninguna crítica sobre mi aspecto físico. Al menos me hablarás con respeto, ya que no puedes amarme.

—¡Ja, ja, ja, Ágnes! —rió la mujer burlándose—. ¿Crees que a estas alturas de la vida vas a cambiarme?

—¡Entonces explícame, ¿por qué no me quieres?! —gritó fuera de control. La madre se quedó en silencio—. Al menos así podré entenderte —suplicó.

—Estoy segura de que no quieres escuchar mis razones. Mejor déjalo así. —Al fin contestó la vieja por primera vez conmovida.

—Quiero saber. Creo que me lo debes.

—Tal vez —dijo meditativa. Respiró hondo y continuó—. Yo no quería tener hijos de tu padre.

—¿Cómo? No te entiendo —reaccionó todavía más

confusa—. Si no querías hijos con él, ¿por qué le diste dos hijas?

—Amanda no es hija de tu papá —soltó de sopetón—. Es hija del hombre que amé siempre.

—¿Y por qué no te quedaste con él?

—Porque era casado.

—¡Ja, ja, ja! —carcajeó Ágnes histérica—. ¡Madre, después de todo eres tan puta como yo!

—Por eso mismo no te quiero, porque eres igualita a mí —concluyó.

La elección

Una mujer se aborrece a sí misma. Tomó la decisión más horrible que una madre puede tomar. La vida de un hijo sobre la otra. Miró a los dos y sacrificó a la hija. A su niña hermosa de dos años. Perdió de cualquier modo, porque le quitaron al varón y nunca lo volvió a ver. Ni siquiera sabía si vivían. Llorando sobre una cama su desventura, se preguntaba por qué el varón y no la niña. No había justificación a su acto.

—Amina, ven —escuchó la voz de su madre como en un sueño.

—Voy, mami —contestó.

Caminó dando pasos pequeños, con los brazos abiertos para hacer balance. Entró a una habitación donde una mujer estaba acostada en la cama, a medio vestir. Un hombre la acariciaba y la pequeña Amina intentó regresarse, pero el hombre se levantó rápidamente de la cama y la cargó.

—Es hermosa tu hija —dijo él.

—¿Por cuánto la quieres?

—Podemos llegar a un precio razonable.

Ella —su madre—, le habló al hombre en el oído, él acepto y ambos rieron.

—Eso será suficiente —concluyó ella.

Amina vio a su madre recoger su ropa, que no era mucha, y entregarla al extraño quien la puso en su camioneta. Luego tomó a la niña en los brazos y la subió en el asiento de atrás, cerrando la puerta. El hombre encendió el vehículo y la pequeña vio a la mujer parada en la orilla de la carretera, haciéndose cada vez más diminuta.

Llevaron a la niña a un lugar donde había muchas otras, todas de menos de cinco años. Las desnudaron y un hombre comenzó a fotografiarlas. Las ponían juntas y separadas, en diferentes poses, algunas no apropiadas para la edad. Amina era especialmente hermosa. De cabellera negra rizada, piel tostada y ojos inmensos color verde oliva, era la más llamativa del grupo. Seguramente habría un postor muy pronto, comentaban los lascivos que estaban allí.

Llegaron unos papeles solicitando una adopción. Una mujer de ojos muy dulces entró en la habitación en la que estaba Amina sola. Ella se acercó suavemente y le habló en otro idioma. La niña no conocía su lenguaje, pero sí el de las caricias buenas. Se hizo el trámite y fue separada de las otras muchachitas para partir con un padre y una madre nueva, a un destino desconocido.

Amina viajó por primera vez en avión. La llevaron a otro lugar en el que le enseñaron una habitación, su propio cuarto, adornado con personajes de cuentos, una cama de princesa y un armario lleno de ropas bonitas. La niña sonrió olvidándose, aparentemente, de su pasado con la mujer que era su madre. Esta otra era amorosa y tierna; la atendía, la alimentaba, le compraba cosas lindas y la llevaba a la escuela. El nuevo padre viajaba mucho, pero cuando llegaba no dormía con su esposa. Entraba al cuarto de la pequeña y debajo de las sábanas la manoseaba. Y ella no se atrevía a decirlo a nadie.

A los doce años salió embarazada. La madre le preguntó de mil maneras quién era el padre de la criatura. Nunca dijo. No quería lastimar a esa mujer que le había dado tanto, mucho más que la que la vendió. Amina se había dado cuenta de que quién la había criado no tenía idea de los «viajecitos nocturnos» que daba su esposo a su recámara para violarla. Lo que el hombre no calculó bien fueron los días de su fertilidad.

Amina parió un niño hermosísimo, como ella. La casa era lo suficientemente grande como para que la criatura se quedara. Así lo decidieron todos. La madre dejó de preguntar por el padre y alegre de ser abuela se dedicó a su cuidado mientras su hija regresaba a la escuela. Pero las violaciones no pararon ahí. El hombre se sentía dueño de las dos. De su mujer y de la hija. Poco le importaba el niño, nunca estaba en casa. Cada vez que volvía la jovencita seguía siendo objeto de la lujuria del infeliz. Hasta que volvió a embarazarse.

Esta vez las cosas no fueron iguales. La madre de Amina sabía que no tenía novio ni ningún amigo especial. Se había fijado muy bien. La llevaba a la universidad y allí mismo la recogía. Esta niña adoptada ya no era la pequeña, dulce y amorosa que la seguía a todas partes. De hecho, desde que nació el niño, ya no era la misma.

La mujer comenzó a hacer sus averiguaciones porque las sospechas la estaban consumiendo. Cuando su esposo llegó del último viaje no tomó sus pastillas para dormir y esperó simulando estar dormida. Unos minutos más tarde el hombre se levantó muy despacio para que ella no lo sintiera. Caminó sigiloso por las escaleras hasta el primer nivel de la casa en donde se encontraba la habitación de Amina y su hijo. Entró y puso su mano en la boca de la muchacha para que no hablara. Abrió el botón de su pijama y sin siquiera bajarla se subió sobre ella que en silencio recibía las sucias estocadas de su «padre adoptivo» sin protestar. Sus lágrimas mojaban sus orejas y la almohada. Nada podía hacer.

Se encendió la luz. Su madre, la única que la había amado y aceptado, vio a su marido sobre Amina. Él se levantó, se cerró el botón del pantalón y salió del cuarto sin dar una explicación. La niña que «había recogido» era una traidora, después de tanto amor y cuidados que le había dado, no sólo a ella, sino también a su bastardo. Ni quiso preguntar si el niño era de su marido. Tampoco quiso saber si el embarazo era también de él. Salió de la habitación sin decir una palabra, pero antes miró —hasta ahora su hija— con odio.

—No puedes quedarte con tus hijos —condenó la mujer.

—Pero mamá, ¿cómo me haces algo así? —preguntó Amina que vivía en un cuartito desde que la echaron de la gran casa de su niñez, cuando todavía estaba embarazada.

—Desde que decidiste acostarte con mi marido, no eres mi hija. ¿No has entendido? ¿Te di mi hogar, te cuidé y así me pagaste?

—Por favor, escúchame. Puedo explicarte…

—¡No quiero saber nada, desagradecida! Vives en este cuchitril. No puedes alimentar a esos niños. Mi esposo se llevará a uno de ellos. ¡Escoge!

—¿Él? ¿Cómo puedo escoger? Los dos son carne de mi carne, sangre de mi sangre…

—Sí, pero también son sus hijos. Deja el dramatismo. ¡Escoge!

Amina miró a sus hijos con dolor. El varón ya entendía todo lo que pasaba y la miraba con ojos temerosos. Su amada niña, nada sabía todavía. No tendría recuerdos. Como si le desgarraran el alma, extendió los brazos y depositó a su hija en las manos de la mujer que una vez amó tanto como a una madre. Luego entró otro hombre, agarró al niño y se lo llevó a rastras. Ella trató de evitarlo, pero le dieron un golpe que la dejó tirada en el suelo. Sólo escuchaba los gritos de sus hijos alejándose.

Amina sigue sin entender su decisión. Debió protegerlos a ambos. Dejarse matar por ellos y con ellos, el resultado habría sido el mismo. Se los habrían robado, pero no sentiría este peso, el de haber decidido entre uno y la otra.

«¿A dónde irán mis hijos? Les tomarán fotos y los venderán como me vendieron a mí», sollozó.

La mulata Marina

Sus amigos le hablaron de la mulata Marina, la que reinaba en un salón de baile de Brasil. La habían visto hacía varios meses cuando fueron a darse unos tragos después de un partido de fútbol del Mundial en ese país. Le contaron que tenía un trasero monumental que contoneaba al ritmo de la samba y el bossa nova. Nada igual a lo que habían presenciado antes. Erico, que era muy curioso, se fue a Río de Janeiro porque no quería perderse esa belleza que le habían descrito de tirabuzones negros, que se meneaba de lado a lado con la cadencia de la música.

Tenía los sentidos alterados cuando entró en el bar. Viajó desde el otro lado del planeta para ver su espectáculo. Pidió una *capirinha* y se sentó a esperarla. Le habían dicho que llegaba tarde, justo cuando la luna tocaba el centro de la bóveda celeste. Miraba el reloj cada cierto tiempo, esperando que llegara la hora. Eran las doce en punto cuando se detuvo la música en el salón, se abrieron las puertas y un mujerón espléndido apareció haciendo su entrada triunfal. Acostumbrada a la expectación de los presentes, sacudió su melena azabache y comenzó a caminar despacio estirando sus piernas largas y contorneadas. De caderas anchas, estómago plano, senos enormes —redondos, perfectos—, la mujer respiraba sensualidad por cada poro. Su cuello largo como el de un ciervo, estaba adornado por una gargantilla dorada y su rostro moreno era tan bello como el de una deidad egipcia.

Nada de lo que le dijeron a Erico le hacía justicia a aquella mulata. Él no podía cerrar la boca. Sentía la sequedad en su garganta, producto de la excitación que esa mujer le despertaba. Podía sentir su pantalón presionando su virilidad a punto de estallar. Marina debía tener un precio y él podía pagarlo.

Erico era un riquitillo acostumbrado a que el dinero lo compraba todo. Enseguida habló con el dueño del local para que le presentara a Marina. El hombre sonrió malicioso y guiñándole un ojo tomó el dinero que le ofrecía, prometiéndole un baile privado con la mujer. Lo llevó a una habitación iluminada a media luz amueblada únicamente con un sofá de terciopelo rojo, una mesita al lado para colocar los tragos y un tubo hasta el techo. Un barman entró a tomar la orden, al rato regresó y la puso sobre la mesa con algunos entremeses. Erico probó los deliciosos manjares, pero al poco rato ya se estaba incomodando con la espera.

Cuando estaba a punto de levantarse, la música comenzó. Marina entró en la habitación caminando despacio hacia él, casi desnuda. Lo único que cubría su despampanante cuerpo era una tanga minúscula y un sostén adornado con pedrería color topacio. Puso sus manos en los hombros de Erico obligándolo a sentarse y un dedo en su boca para que hiciera silencio. Él obedeció embelesado. Enseguida comenzó a bailar colocando sus pechos cerca de la cara del hombre que parecía no tener voluntad. Luego se sentó en sus piernas, rozándolo al compás de la arrebatadora melodía. Erico intentó tocarla entre las piernas, pero ella tomó sus manos y las puso en sus pechos por un momento. Luego se levantó para bailar al ritmo de la samba. Él la veía extasiado hacer piruetas en el tubo. Sentía que estaba a punto de explotar cuando la miraba dominar aquel objeto inerte con tanta habilidad. Si tan sólo fuera a él a quien utilizara para bailar. Marina no dejaba de mirarlo. Erico sentía que aquellos ojos negros lo penetraban hasta sus entrañas. Él sentía escalofríos que le corrían la espina dorsal hasta el cerebro. ¿Qué tenía esa mujer?, se preguntaba. Lo único que deseaba era poseerla. Hacía sólo un par de horas que la había visto y ya estaba decidido. Él hablaría con ella, la convencería de que se fuera con él ofreciéndole una vida llena lujos, fortuna y poder. Ninguna mujer podía negarse a esta propuesta.

Terminó la música. Marina se arregló la tanga que se le había metido entre las nalgas y preparándose para salir, dio la espalda. Erico se levantó de un salto y la agarró por el brazo suavemente.

—No te vayas —dijo—. Quiero que vengas conmigo. Es

más, quiero casarme contigo.

Marina sonrió mirándolo de arriba a abajo con tristeza.

—Creo que te darás cuenta de que no puedo hacerlo —su voz varonil le respondió.

La Creación

Augusta era escritora. Aporreaba su modernísima máquina de escribir —Brother De Luxe Modelo 1968—, que acababa de comprar con la ilusión de que le atrajera las musas, pero no salía de la página que contenía su nombre: Augusta Conrado Villaverde.

Augusta era una mujer confundida en su tiempo. Había participado en la quema de sostenes de Nueva York hacía unos meses sólo por curiosidad. Se infiltró en un grupo de mujeres feministas para compilar material que pudiera utilizar en alguno de sus escritos. Mientras que las furibundas feministas se disponían a quemar los «instrumentos de tortura» —brasier, rulos, zapatos de tacón, pestañas postizas y ejemplares de las revistas de Playboy y Cosmopolitan—, Augusta las observaba pensando que no estaba dispuesta a entregar sus herramientas de seducción tan fácilmente. A ella no le parecía que embellecerse era una tortura ni una humillación. Por el contrario, era un deber para sí misma y para el mundo que la rodeaba, especialmente los hombres. Veía la liberación femenina desde otra perspectiva que no era precisamente ésta. Para ella significaba libertad de sentir, de expresarse, de pensar —usara sostén o no—, porque la bendita prenda no determinaba su capacidad ni su habilidad.

En cuanto a la escritura estaba segura de que no quería escribir sobre temas de la actualidad. Nada de la guerra de Vietnam, ni de los asesinatos de los hermanos Kennedy, ni del de Martin Luther King. No deseaba involucrarse en el discurso del Movimiento de los Derechos Civiles ni en la anárquica existencia de los Hippies. Los años sesenta eran tan convulsos, una era sin control y a ella le gustaba el orden, el principio y el fin de todas las cosas. Por eso le gustaba escribir. Le gustaba iniciar una historia, crear una cadena de eventos más o menos lógica, llegar a un clímax y un final ya fuera feliz o no, pero final. A Augusta le gustaba crear personajes con vidas normales, interesantes, humanos, pero no tan complicados. Se sentaba por horas frente a su aparato, con la ilusión de que algo o alguien saltara de su imaginación y se plasmara en el papel adquiriendo vida propia en un soplo divino, el de ella, la Creadora.

Viendo que pasaban las horas, los meses y los días y que nada la inspiraba empezó a espiar las noticias locales e internacionales con la esperanza de que alguna idea surgiera de su búsqueda. Así estuvo por varias semanas, hasta que en unas noticias locales apareció la nota en la que indicaba que unos hombres habían secuestrado un avión que salía de Nueva York con destino a Puerto Rico y lo secuestraron a la Habana, Cuba. Le pareció una historia fascinante. ¡Un secuestro aéreo! Había que tener valor para atreverse a semejante cosa.   Finalmente, había encontrado su héroe. Se llamaría Armando. Al fin le llegaba la musa. Tenía la trama, el argumento. Armando acompañado de otros dos hombres. Él se robaría el avión por necesidad, porque estaba amenazado, porque tenía que llegar a la Habana a rescatar a su amada que era presa del régimen y le habían dado un plazo para completar la entrega. La amada se llamaba Alicia y era cubana, él no.

La había conocido mientras estaba de turista y se hospedaba en el Hotel Varadero. Alicia era muy joven, de pechos alegres y caderas abusadoras. El moría por su cuerpo y haría cualquier cosa por no perderle, inclusive un acto que le expusiera a la muerte.

—¡Alto, Augusta! —dijo Armando.

Augusta miró su cuartilla extrañada de lo que acababa de escribir.
«¿Cómo qué alto? Armando no me puede hablar», pensó.

—Claro que puedo hablarte —continuó en automático.

Las letras se adherían al papel a voluntad, sin que Augusta interviniera.
—Acabas de hablar de la muerte. Ya me habían contado que

te gusta asesinar a tus personajes —protestó su creación.

—No es que me guste asesinarles, es que me parece el final lógico.

Se sorprendió discutiendo con su propia idea. Se levantó de la silla espantada. Sus manos ya no estaban en las teclas y todavía algo continuaba escribiendo. Armando parecía haber cobrado vida y se estaba comunicando. No deseaba morir. Después de todo Augusta no quería escribir sobre la guerra ni sobre magnicidios. ¿Por qué no podía poner un final feliz a su historia?

Augusta luchó por varios días con sus ideas. Podía sentir el dolor de Armando al sentirse condenado a muerte sin derecho a apelación. Como escritora sabía que tenía el poder de Dios sobre la vida y la muerte de su creación. Tenía en sus manos la vida y la muerte de Armando.

—Por lo menos hazme un juicio —exigió—. No me condenes a muerte sin darme el derecho a defenderme.

Augusta pensó que Armando tenía razón. Entonces se dispuso a concederle un juicio. Algo sencillo, sin complicación. Tenía que presentar su defensa ante ella, sin intervención de abogados ni testigos. Armando tendría que presentar su defensa ante Augusta…

—Está bien —concedió Augusta—. Tendrás el juicio y yo seré tu juez.

Sin perder el tiempo y sabiendo que su vida dependía de ello, Armando se preparó para presentar su caso. Avisó a Augusta que estaba listo y fijo la fecha para iniciar el proceso con toda formalidad. Ese día se sentía muy ansioso. Todo dependía de él. No habría un abogado a quien culpar de su fracaso. No habría testigos que se pusieran nerviosos o que fueran extorsionados o comprados.

Por su parte, Augusta se había preparado para escuchar los argumentos de Armando objetivamente.

—Conocí a Alicia en el Hotel Varadero el 12 de febrero de 1968 —comenzó Armando su versión de los hechos—. Yo había ido a Cuba con unos amigos burlando el embargo. Nos habían dicho que había mujeres preciosas en la Habana. Desde que la vi me volví loco por ella. Decidí casarme lo antes posible y llevarla a los Estados Unidos conmigo. No sabía que era hija de un militar muy importante en la Habana, que tenía enemigos dentro del propio partido, por ser un favorecido del régimen. De alguna manera sus enemigos se enteraron de mi relación con Alicia y me secuestraron junto con ella. Sabían que yo era extranjero y que trabajaba para una compañía que tenía contratos con el gobierno americano y si sabían de mi viaje a Cuba, no sólo perdería mi trabajo, sino que me acusarían por violar el embargo. Me liberaron, pero se quedaron con Alicia y me dijeron que sólo la liberarían si me robaba el avión y lo llevaba a Cuba. Me dijeron que si no lo hacía asesinarían a mi Alicia. No fue mi intención que el piloto falleciera durante el secuestro. Un pasajero se alteró, el piloto trató de intervenir y saltó sobre mí. Me asusté y disparé —concluyó Armando con voz entrecortada, casi en un susurro, abochornado.

Augusta leyó atentamente la exposición de su argumento y por varios días no llegó a ningún veredicto. Concienzudamente, pesó la prueba que consistía sólo en la credibilidad del testimonio de Armando. Él era su creación. ¿Sería capaz de mentir? No, no lo era. Al menos el Armando que ella había creado, no mentía, pues así lo había hecho: sincero, honesto. Pero su acto. Su acto era una ofensa gravísima que tenía que castigarse, no importaban las razones. Augusta lo sabía. ¿Pero cuál sería el castigo? ¿La pena de muerte?

Decidió investigar. Sabía que había pena de muerte en Nueva York. Pero el crimen no ocurrió en Nueva York, sucedió en el espacio aéreo entre La Gran Manzana y Cuba. ¿Qué ley aplicaba en ese espacio aéreo entonces? ¿Aplicaban estas leyes al mundo alterno de las creaciones de la imaginación de Augusta? Augusta se esforzaba por ser un juez justo para Armando, pero su cabeza estaba llena de dudas. Después de todo, tal vez habría sido más sencillo escribir de los asesinatos recientes, de los derechos humanos o de los Hippies. Ninguno de estos temas requería una decisión, pues ya el Altísimo los había resuelto o estaba por resolver. Era sólo cuestión de exponer su opinión. Miró la hoja de papel en blanco con el peso de la decisión que estaba a punto de tomar. Como Dios sintió arrepentimiento, pero no por haber creado al hombre sino por tener que destruirle. Armando era víctima de las circunstancias, pero también había tenido parte en su propia desgracia. Él había cambiado una vida por otra en su acto de amor: la de Alicia por la del piloto. Ahora Augusta estaba obligada a cambiar la del piloto por la de él.

El viaje de Abigail

Era la primera vez que Abigail Valle viajaba en tren. Desde niña soñaba con salir de aquel monótono pueblo incrustado entre dos montañas en Wichita —al noroeste de Oklahoma—, en el que sólo había cuatro calles. Lo más interesante que ocurría en aquel solitario lugar era, que de vez en cuando, uno que otro visitante se emborrachaba en la taberna de Lucas y luego de armar tremendo escarceo, terminaba en la pequeña comisaría al final de la calle principal. Nada de importancia, por supuesto. En la mañana luego de darle una buena taza de café aguado sin azúcar, lo tiraban de patitas en la calle y le daban una hora para largarse del poblado.

Ahora Abigail por fin se iba. Partía con su única hija, Adabella, quien había sido concebida por uno de aquellos visitantes que alcoholizado le había hecho el favor a la pobre muchacha. No lo habíamos dicho antes, pero Abigail era muy fea. Siendo todavía muy pequeña, un incendio arrasó con la vivienda de sus padres y ella sufrió terribles quemaduras que le desfiguraron el rostro y algunas partes de su cuerpo. Creció siendo objeto de la burla de los demás niños y la lástima de los mayores. Cuando tuvo edad suficiente para enamorarse, se dio cuenta de que no era atractiva para nadie. Presa de la depresión, comenzó a comer sin medida poniendo considerable sobrepeso en su figura. Lucas, que era amigo de su padre, le dio el trabajo en la taberna. Por lo menos trabajar la mantenía entretenida y tenía su propio dinero. Hasta que llegó el borracho que la embarazó.

Ya habían pasado once años, los padres de Abigail habían muerto y ella sentía que era tiempo de iniciar otra vida fuera de aquel pueblo que la ahogaba. Vendió todo lo que tenían y se despidieron de su querido Lucas, quién las acompañó hasta la estación de tren.

—Por favor, cuídense mucho —repitió el viejo por enésima vez.

—Sí, tío —dijo Abigail—. No se preocupe.

—Si tienes que regresar…

—Sí, ya sé. Las puertas de su casa siempre estarás abiertas para nosotras.

—Bueno, hijas…

—Váyase, váyase tranquilo.

El viejo dio un último abrazo a Adabella y a Abigail, y comenzó a andar sin mirar hacia atrás por temor a no dejarlas ir. Abigail agarró a la niña de la mano y comenzó a caminar por la estación. Entró al edificio y preguntó dónde estaba el baño. Una joven que estaba detrás del mostrador le mostró una puerta al final del pasillo. Entraron a un cuarto amplio, con ocho espacios separados y con puertas de un color verde crayola. El lugar no se veía a simple vista sucio, pero un olor a orina lo impregnaba. Otro olor como a detergente intentaba tapar la peste sin lograrlo.

—Adita, ponle papel a la tapa —dijo—. No te sientes. Este lugar está asqueroso.

—Sí, mamá —contestó la niña.

Ambas se restregaron las manos como si vieran los gérmenes en ellas y salieron lo más pronto posible de allí. Afuera, se encontraron un hombre joven, muy guapo, al frente del baño de los hombres. Estaba doblado, como si le doliera el estómago.

—¿Le pasa algo, señor? —preguntó Abigail.

—Creo que comí algo que me ha caído mal y entré a ese baño y…

—Está asqueroso —dijeron las dos.

—Sí —contestó él con una casi sonrisa.

—Mire, yo tengo una medicina para el mal estomacal y tengo agua embotellada.

—No quiero molestarla, por favor…

—No es molestia, señor. No faltaba más.

Enseguida Abigail sacó el agua de su bolso y las pastillas, y se las dio al desconocido quien enseguida las tomó y agradeció con una sonrisa. Luego se fue a sentar en una de las butacas a esperar el tren.

La mujer, ansiosa y excitada por el viaje que estaba por iniciar, salió del edificio y le preguntó a un hombre, que por el uniforme supuso que trabajaba allí, que en dónde debía esperar el ferrocarril que la llevaría a su destino. Él le pidió el boleto y le señaló con el dedo. Le indicó que el suyo llegaría en unos veinte minutos. Caminaron y se sentaron en un banco que estaba justo al frente de dónde pasaría su tren. Estuvieron mirando los que iban y venían. Chaca chaca... Pupuuuuuu..., y el chirrido del freno. Primero, la algarabía. Luego el hombre que imponía el orden. Con la curiosidad de una niña, Abigail miraba a las personas bajarse y luego subir ordenadamente. Luego iniciaba su marcha. Cha...ca...cha...ca... Puuuuuu...puuuuuu...

Hasta que les llegó su turno. Ya para entonces eran unas expertas. Tan pronto el hombre llamó al orden, se pusieron en fila y mostraron sus boletos. Llenas de regocijo subieron a aquella enorme máquina de acero y corrieron a sus asientos riendo. Colocaron sus maletas sobre sus cabezas y se sentaron. Fue cuando volvieron a ver al desconocido del dolor de barriga.

—¡Hola, señor! —saludó Adabella.
—¿Cómo sigue? —preguntó Abigail reprendiendo a la niña con la mirada.
—Pues estoy mucho mejor, señorita —contestó—. Fue muy amable en ofrecerme ese medicamento.
—No es nada.
—Sí, es —continuó—. No puedo imaginar cómo hubiera sido este viaje si no hubiera sido por usted y sus benditas pastillas.
—Bueno... —respondió Abigail, sonrojándose.

Un largo e incómodo silencio siguió. Abigail se sintió culpable de haberse mostrado un poco cortante con el hombre.

—Y dígame, ¿va lejos? —preguntó como para hacer conversación.

—Sí, voy para el Paso, Texas.

—Ya veo. Es un poco más lejos de lo que vamos nosotras.

—¿Sí? ¿Para dónde van? Claro, si se puede saber.

—Sí, vamos a la casa de una tía en Del Río. También es en Texas.

—Y ustedes, ¿son hermanas?

Las dos se miraron y empezaron a reírse.

—No —contestó Abigail—. Ella es mi hija, Adabella. Perdón, no le he dicho mi nombre. Me llamo Abigail.

—Yo tampoco me he presentado. Me llamo Fausto —dijo sonriendo—. Es que usted es muy joven. Habría jurado que eran hermanas.

La mujer sintió un temblor en su interior. Nunca nadie le había dicho algo bonito. Se daba cuenta de que su hija era bellísima y compararla con ella era lo más hermoso que jamás había escuchado. Además, este hombre era guapísimo. ¿Cómo era que se fijaba en ella?

—¿Y tiene usted familia, Fausto?

—No, aún no. Sé que estoy en edad de casarme, pero todavía no he encontrado a una mujer que me interese. La verdad es que busco una mujer con buenos sentimientos, valores morales, fiel, en fin... que me ame. Creo que lo que buscan todos los hombres, supongo.

—Sí, claro. Creo que algo así también buscamos las mujeres.

—¿No está comprometida usted?

—No, no lo estoy —contestó cada vez más sorprendida. «¿Será ciego este hombre?», pensó.

—¿Y qué busca usted? ¿Qué quiere usted de un hombre?

—Bueno... yo...

—Diga, diga... No sea tímida.

—Que me ame como soy. Creo que eso es lo que más deseo en la vida.

Él sonrió dulcemente. No hablaron más por un rato. Fausto se quedó dormido. Adabella, también. Abigail, que no había dejado de pensar ni un segundo en las palabras de aquel desconocido, sintió deseos de ir al baño. Se levantó de su sitio y caminó dando tumbos hacia el lugar que marcaba un letrero. Tardó unos cinco minutos. Cuando regresó, ni Fausto ni Adabella estaban en sus asientos.

El último lugar del mundo

Muchas veces me había preguntado dónde quedaba el último lugar del mundo. Cuando lo hacía era porque tenía un deseo incontrolable de escapar a un sitio en el que nunca nadie me encontrara. Desaparecer. Estaba cansado del diario vivir, de las responsabilidades, del trabajo, de las cuentas, de mi mujer y hasta de mí. Quería salir de todo y comenzar una vida nueva, allá, en ese lugar recóndito. De vez en cuando pensaba que quedaba en unas islas más allá de la Siberia recientemente encontradas a causa del hielo que se derritió en la zona, pero de sólo pensar en el frío que debía hacer, perdía el interés de inmediato. Otras veces pensaba en Australia, en la Patagonia o en cualquier pueblo perdido en medio de las Amazonas. Jugaba con la idea a menudo, era un pensamiento repetido, pero nunca tenía suficiente coraje como para tomar una decisión tan drástica. Hasta que un día en el que todo se tornó confuso en mi cabeza y no soporté más el estrés en el que vivía, me subí a mi motocicleta y salí de en dirección al sur, seguro de que lo iba a encontrar.

No sé cuántas decenas de millas había viajado, sólo me detuve para comer algo, ir al baño y descansar en las noches. Veía a los otros seres humanos como quien mira a un ave, un gato o a cualquier animal. No me importaba nadie, la verdad. El hastío que guardaba dentro de mí me hacía despreciar a toda la humanidad y ansiar la soledad absoluta. El silencio me arrullaba y comenzaba a recobrar la paz cuando la moto se atravesó con otro vehículo y fui a parar al fondo de un barranco. Allí estuve inconsciente por varios días —eso lo supe después—, cuando fui rescatado por un grupo de personas que hablaban poco o al menos parecían entender mi necesidad del reposo mudo.

Al abrir los ojos, intenté sin éxito levantarme del colchón en el que estaba acostado. Algún hueso roto tendría, porque el cuerpo no me respondía. Mi cerebro daba la orden, pero nada se movía. Miré a todas partes tratando de ubicar en dónde estaba, pero

111

sólo veía las paredes de una choza con un ventanal por el que podía apreciar unos montes, cuya vegetación era de diferentes tonos de verde, que contrastaban con un azul celeste intenso. El clima era agradable, no hacía frío ni calor. Estaba semi desnudo en aquel catre y ni idea de cómo había llegado allí. Me daba cuenta de que la vivienda tenía el piso de barro y de vez en cuando una cucaracha me pasaba por el lado, aunque eran lo suficientemente consideradas como para no subírseme encima. Una vieja mujer, de baja estatura, se me acercaba con una taza que contenía un caldo de sabor extraño, pero apetecible. Esperaba a que lo tomara por completo sin impacientarse. No decía nada. No sé si porque no conocía mi idioma, porque no hablaba, o simplemente porque no era correcto que lo hiciera. Con cuidado me cambiaba el trapo que tapaba mis partes íntimas y me ponía uno limpio. Esos recuerdos los tenía como si hubiera estado drogado.

Según me fui reponiendo, logré sentarme. Cuánto tiempo había estado allí, no lo supe, pero cuando la mujer me vio sentado sonrió y salió a buscar a un hombre que parecía una réplica de ella, pero en varón. Supuse que era varón porque tenía barbas, sólo por eso lo concluí. De otro modo, hubiera jurado que eran gemelos idénticos. Él se me acercó y tomándome los brazos los levantó como si estuviera comprobando que estaban bien. Luego me hizo una señal para que intentara ponerme de pie. Tuve que hacer un esfuerzo mayúsculo pues el catre estaba en el suelo y entre levantarme y el mareo que sentí, no fue nada fácil. De nuevo el hombre examinó mis piernas y mi espalda. Entonces sonrió.

—¿Prefiere comunicarse por señas o que le hable en castellano? —preguntó.

—Pues en castellano creo que es más sencillo. Lo puedo entender mejor —contesté sorprendido de que el hombre hablara.

—No crea, no siempre las palabras son del todo claras. Muchas veces se prestan para malas interpretaciones.

—Pues sí —dije en voz baja, como para mí—. De todos modos, intentaré entender lo mejor posible lo que usted quiera decirme. Ahora, quisiera saber en dónde estoy.

—En el fin del mundo.

Me reí. El hombre también parecía tener sentido del humor y qué casualidad que usara esa frase.

—No, en serio —le dije—. ¿En qué lugar del mundo estoy?

—Ya le contesté —respondió serio—. Ve lo que le digo de las palabras.

Decidí seguir la corriente.

—¿Quiénes viven en este lugar? —pregunté.

—Somos muy pocos los que vivimos aquí. No más de quinientas personas. Nuestros antepasados eran dos parejas de hermanos que llegaron hace varios siglos. Somos endogámicos, por eso se dará cuenta de que nos parecemos mucho unos y otros.

Caminé hasta la puerta de la casucha que estaba encaramada en uno de los montes. En el llano había un pozo en el que varias mujeres —igualitas a la que me atendía, pero más jóvenes—, sacaban cubos de agua.

—Salga —me animó el hombrecito—. Un poco de aire fresco le hará bien.

Al poco rato llegó un grupo de hombres. Todos de pequeña estatura, de piel morena y ojos almendrados. Traían muchos peces y verduras que le entregaron a mi cuidador. Para entonces suponía que este señor era el jefe de lo que parecía ser una tribu. Ninguno dijo nada, sólo le dieron lo que traían y se fueron. La mujer lo fue colocando adentro de la choza y comenzó a cocinar.

—De una vuelta si quiere —me dijo—. Lleva muchos días acostado, desde el accidente. Estirar los músculos le hará bien.

—Sí, creo que es buena idea.

Bajé el cerro por la parte de atrás. Me sorprendió no ver animales, sólo los habitantes del «Fin del mundo», que hacían tareas: cortaban leña, recogían legumbres, sembraban. Cada uno hacía lo suyo en silencio. No muy lejos había un río de aguas cristalinas. No era muy ancho. Podía pasar de un lado al otro con facilidad caminando por encima de las piedras. Los peces se veían desde la superficie. Supuse que la pesca se les daba muy fácil en esas circunstancias. Al rato me encontré con una muchacha diminuta, pero bonita. No me habló. Sólo me ofreció algunas frutas y las comí, agradeciéndole. Me pareció gracioso que tampoco me hablara. ¿Sería que a las mujeres no les permitían hablar en ese lugar?

Regresé a la choza cuando estaba cayendo el sol. La mujer que me cuidaba me alargó un plato de comida muy deliciosa. Se notaba que los productos con los que la había preparado eran frescos. Los días subsiguientes me dediqué a comer y a descansar. No sabía si estaba en el fin del mundo, pero me sentía feliz, tranquilo y relajado.

Como al mes de estar en el lugar, noté un aire festivo en la comunidad. Los hombres iban de un lado para el otro, llevando leña a la orilla del río. Las mujeres, pelaban y cortaban las legumbres que recién habían recogido. Colocaron una olla sobre la leña y echaron especias de olores fragantes. Estaba seguro de que iban a hacer un banquete. Lo que no sabía era qué celebraban. Vi al jefe subir hasta donde estaba con varios de sus hombres y me saludó. Enseguida se echaron sobre mí y me ataron de manos y pies a la espalda.

—Pero ¿qué pasa? —pregunté aterrado.

—¿No quería desaparecer? —respondió el hombrecillo.

—Bueno… Eso no fue lo que quise decir…

—¿Qué le dije? Las palabras se prestan para malas interpretaciones.

El silencio de los inocentes

Rosa se había quedado a vestir santos. A los cuarenta y cinco años, después de que murieron sus padres a quienes con tanto fervor había cuidado, decidió irse a trabajar a la escuela del barrio. No le hacía falta el dinero pues había heredado la casa y una pequeña fortuna, lo suficiente para vivir cómodamente el resto de su vida, pero igual se aburría en su casa sin hacer nada. Ella se había diplomado de maestra en su juventud, pero debido a la enfermedad de sus padres no había podido ejercer. Como nunca se casó ni había tenido hijos, trabajar con niños era una gran ilusión.

El primer día de trabajo, le notificaron que enseñaría el segundo grado. Feliz se dispuso a enfrentarse con los niños que por un año entero estarían a su cargo. La directora de la escuela la llevó a su salón de clase el cual estaba pintado en alegres colores y albergaba a un grupo de treinta chiquillos preciosos. Otra maestra la estaba esperando para presentarle a sus alumnos. Rosa miró las caritas que le devolvían sonrisas con su más dulce expresión, más le llamó la atención uno en particular, flaquito y de ojos inmensos, que no sonreía a pesar de que ella le sostuvo la mirada, sonriéndole a la vez.

Ya sola en su salón de clases, se sintió dueña de aquel paraíso de las primeras letras y primeros conocimientos de sus estudiantes. Traía más que lista su primera lección, pero decidió entregar una tarjeta a cada niño para que escribieran su nombre, dirección, número de teléfono y el nombre de la persona a su cargo. Mientras daba las instrucciones, observaba al niño de los ojos inmensos, que permanecía con la ficha sobre el escritorio y un lápiz en la mano sin escribir nada. Esperó que los demás estuvieran ocupados en llenar las suyas y se acercó a él.

—Hola —dijo dulcemente—. ¿Cómo te llamas?

—Benjamín Loyola —contestó una tímida vocecita.

—Benjamín, ¿tienes algún problema para llenar tu tarjeta? —preguntó Rosa.

—Es que maestra, yo no tengo padre —respondió.

—Entonces pon el nombre de tu mamá. Está bien con eso.

—Mi mamá trabaja y no puede recogerme. Yo voy después de la escuela a la casa de mi abuelo hasta que ella llega.

—Bien, entonces pon también el nombre de tu abuelo y su número de teléfono, por si acaso ocurriera alguna urgencia —explicó pacientemente.

La maestra se quedó junto a Benjamín hasta que terminó de llenar su ficha, luego las recogió todas llamando uno por uno a sus estudiantes para poder conocerlos mejor.

—Estoy segura de que en unos días sabré quién es cada uno de ustedes —afirmó contenta y procedió a la lección.

Esa noche Rosa no podía quitarse a Benjamín de la cabeza. Parecía muy solo durante el recreo. Mientras los otros jugaban, él se quedó sentado en un banco del jardín. No traía almuerzo y sus ropitas no eran de estreno como las de los otros. Al terminar el día cuando los demás se fueron, ya fuera con sus padres o en un transporte escolar, Benjamín permaneció en los alrededores de la escuela, jugando con piedritas en el patio.

A la mañana siguiente, Rosa decidió llevar un almuerzo adicional para él. A la hora de receso, se le acercó y le dijo que le había traído una sorpresa. Le regaló unos lápices de colores, un libro de pintar y le ofreció los alimentos que había traído para él. Por primera vez vio que el rostro del niño se iluminó. Con una modesta sonrisa, tomó lo que su maestra le dio y se fue a un rinconcito a comer.

Así estuvieron por varias semanas. Rosa llevaba un almuerzo para Benjamín. Él se sentía cada vez más agradecido y cercano a ella. La maestra observaba que el niño se quedaba en el

117

patio de la escuela después de clase.

—Benjamín —dijo acercándose al niño cariñosamente—. ¿Qué pasa que no te vas a casa al terminar la escuela?

Un llanto profundo salió desde el alma de la criatura. Rosa podía sentir el dolor, la desesperanza, el miedo que sus descorazonadas lágrimas transmitían. Instintivamente lo abrazó.

—¿Quieres contarme? —preguntó.

Un largo silencio, eterno como la muerte, precedió sus atormentadas palabras.

—Maestra, mi abuelo me hace cosas que me duelen.

Un año ha pasado desde que Benjamín reveló la causa de su suplicio. Su abuelo fue condenado a prisión por pedófilo. La madre fue acusada y apresada también, por negligencia criminal. La maldita conocía lo que pasaba y nada hizo. Se excusó diciendo que tenía que trabajar y que el abuelo era la única persona que podía cuidar al niño.

Rosa vendió su casa, tomó su herencia y desapareció, llevándose consigo un tesoro. Su hijo Benjamín.

Principio y fin

Eran las cinco de la mañana cuando Zoé llegó a su trabajo. Aparcó su vehículo y respiró profundo antes de bajarse. Tenía por costumbre dejar sus problemas personales atrás, antes de entregarse a sus labores. Lloviznaba, lo que la fastidiaba porque ese día se había puesto sandalias con tacones. Tomó su bolso, la lonchera y corrió hacia el edificio, intentando taparse de la lluvia que ya apretaba. Todavía era de noche. El rocío de la madrugada despertaba su cuerpo que aún extrañaba su cama. Tocó el timbre para que el guardián abriera la puerta. El hombre abrió, saludándola amablemente. Entró a su oficina, tomó papel toalla y se secó los pies. Guardó el bolso en un cajón del escritorio, encendió el computador y fue a la cocina a poner sus alimentos en el refrigerador. Los pasillos todavía estaban a media luz, sólo la estación de enfermeras estaba encendida. Le dio los buenos días a la que estaba de turno y preguntó por su paciente preferida. Una niña con limitaciones mentales, que consideraba que estaba mal ubicada en aquel asilo de ancianos.

Cuando revisó su correo electrónico, vio el listado de los pacientes nuevos a los que debía entrevistar en su jornada. Amaba su empleo, pero se daba cuenta de que ya estaba pasando factura en sus emociones. Vivía día a día con la enfermedad, con el final de la vida. En aquel lugar no reinaba la esperanza. Preparaba a sus pacientes y a sus familias para el inevitable evento. Y no había manera de que no le afectara, por más que utilizara las técnicas de cuidado propio que le habían enseñado en la universidad.

Completó algunos reportes esperando que despertaran los pacientes y tomaran el desayuno, para visitarlos en sus habitaciones. A eso de las nueve de la mañana, revisó el primer expediente.

«Camilo Fernández, varón, 83 años. Infarto. Trasladado del hospital San Francisco para rehabilitación. No hay información de familiares o encargados».

Zoé salió con el expediente, se detuvo en la puerta de la habitación y dio dos golpecitos para no asustar al hombre. Camilo estaba despierto sentado en la cama con la bandeja de alimentos al frente. La miró, pero no dijo nada.

—Buenos días —saludó Zoé—. ¿Me permite entrar?

Él asintió. Ella tomó una silla y se sentó cerca de la cama para hablar con él. Notó que no había probado bocado. Zoé se presentó e hizo unas preguntas de rutina para determinar la capacidad mental del paciente. Camilo no tenía problemas para contestar. El encuentro parecía rutinario, como con cualquier enfermo.

—Señor Fernández, aquí en el expediente no hay información de familiares o su encargado. ¿Podría decirme con quién puedo comunicarme en caso de urgencia?
—No tengo a nadie, señorita… y es mi culpa —contestó.
—A alguien debe tener… —dijo algo perturbada con la respuesta.
—No, señorita. No tengo a nadie. A una sola mujer amé en toda mi vida, pero a ella la perdí.

Zoé no quiso interrumpirlo. Se dio cuenta de que Camilo necesitaba hablar y lo dejó continuar. Había aprendido que su silencio a veces era lo más terapéutico para el paciente.

—La conocí en unas fiestas de mi pueblo a la que fui con unos parientes. Todo estaba adornado con banderines de colores y muchas luces brillantes que hacían la noche casi de día. Caminábamos en un grupo de mozuelos cuando la vi. Enseguida quedé enamorado. Había algo en ella que me atraía, no sólo era linda, era su mirada alegre, llena de ilusión. Pregunté a mis primos por qué nunca la había visto. Me dijeron que no era de allí, que había venido a visitar a sus abuelos hacía más o menos una semana.

» Cuando empezó la música me acerqué para pedirle que bailara conmigo. Ella pidió permiso y luego tomó mi mano. Mientras bailábamos me dijo su nombre: Alma. Desde esa noche fue eso para mí; mi alma, mi vida —suspiró—. Éramos muy jóvenes entonces, casi niños. Nos escapábamos para vernos todos los días y una cosa nos llevó a la otra. Usted entiende —Zoé asintió—. Casi cuando se iba del pueblo, vino a verme. Estaba contenta, emocionada. Jamás voy a olvidar aquella tarde. Nos vimos cerca del río donde solíamos hacerlo. Me abrazó feliz, dijo que tenía una noticia que lo cambiaría todo, que podría quedarse conmigo… Estaba embarazada. Aún recuerdo mi reacción. La separé de mi cuerpo, hui de su abrazo. Como un maldito le dije que no quería ese hijo, que se lo sacara. Su cara se transformó en un segundo; su alegría se tornó en una mueca, lúgubre y oscura. Rabioso, la dejé allí sola con su desilusión.

» Esa noche, sus abuelos fueron a mi casa para preguntar si la había visto. En sus caras vi su preocupación. Había salido hacía muchas horas y no regresaba. Mis primos y yo salimos con ellos, pasamos muchas horas buscándola. No me atreví contarle a nadie que habíamos discutido y menos la razón. En la mañana, la encontramos. Ahogada. Se había tirado al río. No pudo con mi rechazo y yo he pagado una cadena perpetua. Nunca me he perdonado. Esta pena la he guardado dentro de mí hasta hoy, porque no lo dije entonces, ni en toda mi vida. Por eso no tengo a nadie, porque no merezco que nadie me quiera».

Cuando Camilo terminó su triste relato, Zoé tenía el pecho oprimido. Le era difícil ocultar sus lágrimas, tampoco sabía qué decirle a aquella alma atribulada. Tomó la mano del anciano entre las suyas en señal de solidaridad. Al final, sólo podía ver tres vidas desperdiciadas por un error muy grande: la de Alma, la de Camilo y la de la criatura que estaba por venir.

—Vendré mañana a verlo —prometió Zoé, regalándole una sonrisa al infeliz.

Cuando salió de la habitación, Zoé temblaba. Se fue a su oficina, nerviosa, y tímidamente acarició su vientre lleno de vida. En ese momento, tomó la decisión que cambiaría su historia. Agradeció vivir en una época en la que ser madre soltera no era un delito. No pagaría una cadena perpetua preguntándose qué hubiera sido si hubiera tenido a este hijo que ya palpitaba dentro de su cuerpo. Ella sí tendría quién la quisiera; alguien a quién llamarían en caso de urgencia. Ya nunca más estaría sola.

Al siguiente día cuando Zoé fue a visitar a Camilo, su cama estaba vacía. Confesar su pena lo había liberado.

La mujer de la pintura

Federico y yo terminamos después de seis años de relación. Nunca nos pusimos de acuerdo sobre cuando nos casaríamos ni hacia dónde viajar para la luna de miel. Ya estaba cansada de esperar a que se decidiera. Lo mejor que podía hacer para sobrevivir esta triste etapa de mi vida era pasar la página. Sencillamente, estaba perdiendo el tiempo. Como no es lo mismo sufrir en San Antonio que en Barcelona, me hice del primer boleto hacia la Cataluña. No me encantaba viajar en avión, pues los espacios pequeños me causaban agorafobia, pero no tenía otra forma de trasladarme a esta ciudad con la rapidez que deseaba desaparecer.

Solo me faltaba el hotel. Busqué unas cuantas opciones en uno de esos lugares en línea, en el que te informaban el precio y podías ver los comentarios de los que ya habían pasado por la experiencia, hasta que di con el Hotel 1898. Éste me llamó la atención por el número, que en realidad era una fecha. Siempre me gustaban los lugares con historia y en este caso, me parecía providencial que la hotelera lo nombrara por el año en que las Filipinas se independizaron de España. Como la libertad era el propósito de mi viaje, sin pensarlo más hice la reserva. Preparé mi equipaje, llevando sólo lo necesario. Allá compraría las cosas que me gustaran y que me hicieran olvidar mi fallida relación.

No encontré tan malo el viaje, a pesar de mi claustrofobia. En catorce horas arribé a mi destino. Un taxi me condujo desde el aeropuerto hasta el hotel. Era media tarde cuando llegué. Me quedé impactada cuando estuve frente a aquella maravilla arquitectónica construida en piedra natural. Sobre sus columnas todavía se podía leer, como un tatuaje de su historia: «Cia Cral de Tabacos de Filipinas», un recordatorio de que este edificio fue la sede de esa empresa en su momento. Cuando entré a su vestíbulo me quedé anonadada por el buen gusto con el que fue decorado, era puro lujo. Mientras el joven que me atendía verificaba mi información, me puse a disfrutar de las fotografías que adornaban las paredes del hotel. El muchacho me dijo que eran de María Espeus, una reconocida fotógrafa sueca, que las había tomado en las Filipinas.

Dos de las fotografías me llamaron la atención. En la primera aparecía una anciana con un sombrero de paja sobre un pañuelo que tapaba la cabeza y parte de su cara. Su mirada cansada, triste y sin alma, me penetró. En la segunda, aparecían tres viejas, con sombreros de plumas, collares de cuentas, y escasamente abrigadas, una de ellas descalza; sentadas en un banco de madera en la orilla de una carretera. Ninguna sonreía. Parecía que querían decirme algo.

—Señorita, aquí está su llave —dijo el joven de la recepción sacándome de mis cavilaciones—. Su habitación es la 308. El hotel tiene alberca interior y en el noveno piso hay otra, en donde se puede tomar el sol. También tenemos salón de ejercicios en la planta baja.

—¡Ah! Sí, gracias —contesté sonriendo—. Me gustaría subir por las escaleras. Este lugar es precioso.

—Por supuesto —contestó—. Deje aquí su equipaje y en un momento lo hacemos subir.

Avancé por las escaleras de madera cuyos pasamanos eran muy suaves. «Gastarán un dineral en mantener estos pisos», pensé. Llegué a la tercera planta y busqué la habitación 308. Cuando abrí la puerta me gustó mucho su interior. Las paredes estaban pintadas de rojo y blanco, adornadas con cuadros en blanco y negro; el techo alto, los pisos también de madera y alfombras de área que armonizaban perfectamente con el resto de la decoración. Inspeccioné el baño, y me prometí entrar en la tina por un rato antes de salir a comer. Una cama limpísima, de aspecto muy confortable me invitaba. Me quité la ropa y me acosté a descansar un rato.

Cuando desperté ya eran las nueve de la noche. Me dispuse a tomar mi prometido baño. Abrí el agua caliente y puse un jabón con olor a rosas. Después me arrepentí. Olía a flores de funeraria. Las burbujas enseguida inundaron la bañera. Me metí, me recosté y me sentí completamente relajada. Cerré los ojos y un rayo iluminó mi cara. Los abrí y allí estaba la mujer filipina de ojos tristes observándome de cerca. Me senté asustada. Sus ojos, que me miraban fijamente, eran transparentes. Mi corazón comenzó a latir apresuradamente. Cerré los ojos de nuevo. «Esta es mi imaginación o todavía estoy dormida. Es un sueño definitivamente», me dije. Cuando los volví a abrir ya no estaba.

Salí de la bañera y me envolví en una bata de baño afelpada. Me reí de mí paranoia. En eso me di cuenta de que no habían subido la maleta. Tal vez estaba afuera en el pasillo. Fui hasta la puerta, pero al tratar de abrir no pude, estaba trabada. Seguí halando la cerradura hasta cansarme. Desesperada golpeé la puerta una y otra vez.

—Estos edificios antiguos siempre tienen un problema —dije en voz alta—¿Hay alguien allá afuera? —grité sobrecogida por la ansiedad sin obtener respuesta.

«¿Y si no puedo salir de aquí?». Sentí ganas de vomitar, la cabeza de daba vueltas. No soportaba quedarme encerrada en ninguna parte. Me daba mucho miedo y aunque sabía que era irracional, no lo podía evitar. ¿Qué podía pasarme en la habitación de un hotel con tan buena reputación? Tratar de razonar la situación no me ayudaba. Seguí golpeando la puerta, esta vez histérica. Giré y las viejas filipinas estaban detrás de mí mirándome como en la foto. Di un salto y mi corazón conmigo.

—¿Qué quieren? —dije aterrada.

Seguían en silencio. Les pasé por el lado, convenciéndome, de que esto era un sueño. No podía paralizarme. Tomé el teléfono de la habitación para llamar a la recepción. No tenía tono. Fui hacia las ventanas, pero por más que empujé el cristal hacia arriba, no abrieron.

—¡Ayyyyyyyyy! ¿Qué pasa? —me desgañité. Tomé el móvil con mis manos temblorosas para intentar hacer una llamada. Frustrada me di cuenta de que estaba fuera de cobertura—. Esto no puede estar pasando. ¡No puede estar pasándome a mí!

Unas risas en la habitación se metieron dentro de mi cuerpo. Las carcajadas salían de mi boca. Me miré en el espejo. En lugar de mi rostro estaba el de la vieja descalza. Acomodé el sombrero de plumas y el collar de cuentas con mis manos. ¡La mujer era yo! Tocaba mi—su—cara y los pedazos de piel morena se desprendían. Un líquido baboso y amarillo salía de las lesiones y una oreja se fue resbalando hasta que cayó en el lavabo limoso.

—¿Qué quieres de mí? —cuestioné a lo que quedaba de la mujer dando golpes al espejo que se quebró cortándome los puños.

Más risas. Esta vez fuera de mí. Giré y por primera vez vi sus rostros riendo. Tenían pocos dientes y los que les quedaban eran puntiagudos, oscuros, sucios. La habitación se llenó de un repugnante olor a mal aliento. La otra, la de los ojos tristes me agarró por la espalda. Luché con ella, retorciéndome de lado a lado, pero sus fuerzas eran sobrenaturales. Las otras me rodearon hasta que me aprisionaron. Vomité sobre ellas un líquido verdoso, pero mientras más vomitaba, más se reían.

Ataron mis manos y pies con sus de los collares de cuentas. Bailaban una extraña danza, contoneándose a mi alrededor. Acercaban sus apestosas bocas a mi nariz, susurrando palabras ininteligibles. Una de ellas fumaba un tabaco. La peste no me dejaba respirar, tosía.

—¡Me estoy asfixiando! —supliqué.

La vieja cortaba mi pelo quemándolo con el tabaco. Las otras se reían, hablaban entre ellas en ese idioma que no comprendía. La de los ojos tristes, se quitó el sombrero, el pañuelo lo puso en mi cabeza y encima me puso el sombrero. Todas las mujeres me miraban y se burlaban. Sentía que sus carcajadas me enloquecían. Mis intestinos se ensortijaban de miedo y mi vejiga reventó de terror. Me hice encima. Sentí vergüenza y horror. Ellas se mofaban de mí, señalándome y haciendo gestos de que apestaba. Una sacó una de las plumas y acercó la punta a mi ojo derecho punzándolo. Un borbotón de sangre salió manchando de cardenal su abrigo. Me desmayé.

Cuando desperté una niña me miraba fijamente. ¿Las viejas filipinas me habrían dejado ir? No podía moverme. Sentía como si estuviera clavada a la pared.

—Mamá… —dijo la jovencita—. ¿Así se visten las mujeres en las Filipinas? —preguntó señalándome.

—Supongo que para la época en la que sacaron esa fotografía se ponían esas ropas —contestó la madre—. Si te fijas bien, ella tiene puesto un pañuelo y luego un sombrero encima. Tal vez trabajaba al sol y así se protegía.

—Sí, ya veo… —dijo mientras observaba la foto—. Mira sus ojos… son muy tristes, se ve cansada, como si no tuviera alma.

—Tienes razón, hijita. Debió trabajar mucho la pobre.

—Mi amor —se acerca el esposo—, el hotel tiene alberca bajo techo y una en la terraza del piso nueve en donde podemos tomar el sol. Le dije al servicio que nos subieran las maletas.

—¡Ah! Qué bien —contestó la esposa—. ¿Qué habitación tenemos?

—Nos dieron la 308.

Hotel Menger

Raquel Stein, llegó a la Isla Ellis en 1934. Sus padres judíos, la habían puesto a salvo en un barco que cruzó el Atlántico hasta Nueva York, cuando comenzó el movimiento nacionalsocialista en Alemania y empezaron los rumores de que los israelitas serían expulsados del país. Al llegar a los Estados Unidos, la joven, tenía poco más de veinte años. No era particularmente bella. Su melena negra amarrada en un moño, ojos verdosos, piel blanca, mediana estatura y constitución delicada, no la hacían diferente a las mujeres que habían llegado desde Europa en la época. Soñadora como era, decidió unirse a un grupo de personas a quienes se les habían ofrecido empleo en un territorio en el suroeste del país, conocido como Texas. Se decía que su trabajo era imprescindible para el desarrollo y extensión del oeste americano. Sabía que difícilmente regresaría a su tierra y que debía considerar esta nación como la suya, por lo que tomó esta encomienda muy en serio. Le hacía ilusión ir a trabajar a un hotel muy lujoso —aunque fuera como mucama—, al que se referían como «El hotel más fino al oeste del río Mississippi». El hotel se llamaba Menger, como sus dueños William y Mary Menger, y quedaba en un área histórica en la que se habían peleado muchas batallas importantes para la independencia de estos territorios.

Raquel estuvo viajando en ferrocarril desde Nueva York hasta Texas por varios días. Ya ni sentía sus asentaderas y pensaba que su espalda estaba quebrada. Al llegar a San Antonio, la estaba esperando un hombre que la llevó hasta el frente del Menger en un carruaje tirado por sendos caballos. El edificio de dos plantas no le pareció tan grandioso como otros en su Alemania natal. La arquitectura le parecía rústica, nada parecida a como la había imaginado. Entretenida en sus observaciones, se presentó en la puerta de entrada, pero le indicaron que si era empleada debía entrar por la parte de atrás. Cuál fuera su sorpresa, al ver hombres uniformados como soldados en el patio, fumando y bebiendo como si estuvieran en un cuartel.

Pasó en medio de ellos rápidamente porque no le gustaban las miradas sediciosas de algunos. Se sentía manoseada sin que siquiera le pusieran las manos encima. Tocó la puerta de atrás y enseguida le abrió una mujer de baja estatura, robusta, vestida de negro de la cabeza a los pies, como si estuviera en estricto luto. Imaginó que debería estar por los cincuenta años.

—Buenas tardes, me llamo Raquel Stein…—saludó.
—Sí, entra —dijo la mujer—. Te estábamos esperando. Supongo que te habrán advertido que estamos cortos de servicio.
—Pues aquí estoy, señora…
—Graham…
—Señora Graham, estoy lista para servir.
—Bien, entonces te llevaré a la pieza que utilizarás de hoy en adelante. Es para dos mucamas, pero de momento estarás sola. Empezarás hasta mañana. Supongo que estarás muy cansada del viaje.
—Sí, señora.
—Bien, descansarás esta noche. Deberás estar en la cocina a las cuatro de la mañana para ayudar con el desayuno. Después de que oscurezca, no salgas de la habitación. Tampoco hagas caso de cuentos tontos que hacen los empleados.
—¿Y los soldados?
—¿Qué soldados? —preguntó la señora Graham frunciendo el ceño—. ¡Ah! Tampoco hagas caso de ellos —concluyó haciendo un gesto con su regordeta mano, restándole importancia.

Raquel tomó la maleta donde llevaba sus pocas pertenencias y siguió a la señora Graham hasta el fondo de un largo pasillo en donde estaba la habitación. Por el camino, se dio cuenta de que no había puertas que llevaran a otras habitaciones. La mujer abrió con dificultad la puerta —que parecía muy pesada—, con sus llaves. Luego sacó otras que le entregó a la joven. El cuarto estaba impecable: paredes blancas, amplio, suficiente para dos camas y sus armarios, y dos mesas con lámparas. Al lado había un baño con un retrete y una bañera de porcelana. Tenía una ventana que daba al patio —en donde todavía estaban de algarabía los soldados—, y que ayudaba a refrescar el pesado ambiente.

«Hace mucho calor en esta parte del mundo», pensó la muchacha, quien estaba acostumbrada a temperaturas más frescas. Sobre el lecho estaba la ropa de cama, toallas y un edredón. Raquel puso su ropa en el armario y arregló la cama con la idea de irse a dormir. Antes de hacerlo, volvió a asomarse por la ventana y le pareció ver que un soldado la miraba y sonreía. De momento, la puerta se abrió chirriando y una mujer entró con unas toallas en la mano.

—¡Hola! ¿Eres nueva también? —preguntó casi alegre de tener una compañera—. ¿Te han asignado este cuarto? Hay dos camas, yo tomé esta, pero si la quieres…

La mujer que no tenía ninguna expresión en el rostro, la miró con los ojos vacíos y salió con las toallas en las manos.

—¡Oye! ¿Pero a dónde vas? —preguntó Raquel yéndose detrás de la extraña mujer que no se detenía, aunque la llamara.

Cuando Raquel se dio cuenta estaba de nuevo en el patio, rodeada de los soldados. El que la miraba desde la ventana caminó hacia ella. A Raquel se le puso la piel de gallina cuando se miró en sus ojos transparentes.

—¿Quién eres? —preguntó Raquel hipnotizada.
—Soy David Crockett.
—¿Eres soldado? ¿Contra quién peleas?
—¿Cómo? ¿No sabes? Es la batalla del Álamo, contra los mexicanos. ¡Contra el maldito General Santa Anna! ¡Texas necesita la independencia!

—Entiendo… Ya debo entrar, es tarde —dijo incómoda.

La muchacha corrió hacia su habitación. En el pasillo se encontró de nuevo a la mucama de las toallas en la mano, pero como no le habló, tampoco hizo el esfuerzo. Le pareció que sus pies no tocaban del todo el suelo, pero no se detuvo a verificar, los ojos son engañosos. Cerró la pesada puerta tras de sí, miró de nuevo por la ventana. Con horror vio que unos soldados con otros uniformes se acercaban al patio del hotel; uno tocando la corneta y otro, cargaba lo que le pareció un estandarte o bandera. La algarabía se transformó en gritos de guerra. Desde donde estaba, presenciaba como el ejército recién llegado masacraba a los que antes estaban de fiesta.

Se quedó muda, en silencio, horrorizada. No salía un grito de su garganta. Agazapada detrás de la ventana, vio como arrastraban a varios hombres, entre ellos a David Crockett, a quien hicieron arrodillar con los únicos que habían quedado vivos y los ejecutaron ante sus ojos sin piedad. De repente, creyó ver que uno de los asesinos miraba directamente a su ventana. La había descubierto. Comenzó a caminar hacia el hotel. Raquel pensó en salir del cuarto y escapar, pero sólo había un largo pasillo y no podía esconderse en ningún lugar. Escuchaba los pasos que se dirigían hacia donde ella estaba, cada vez más cerca. Corrió y puso el cerrojo a la puerta. Casi enseguida sintió que alguien halaba la puerta con furia, hasta que empezó a golpearla. Raquel se quedó inmóvil, sin saber si aguantar la puerta o empujar el armario para bloquear la entrada.

Estando en medio de la habitación, que de momento se tornó helada, sintió un viento recio que entraba por la ventana. Al girarse se encontró con la mujer de las toallas, que empezó a reírse a carcajadas, mirándola con sus ojos vidriosos. Raquel cayó de bruces aterrorizada. Sintió que alguien le tocaba el cabello, mientras depositaba un líquido viscoso, con olor a hierro sobre ella. Cuando miró vio que era David, que con un hoyo en la cabeza y sus ojos transparentes la acariciaba.

Vívido

Cansada de preguntar quién deseaba acompañarla a Italia, Ángela decidió hacer el viaje en solitario. Su destino, Viterbo y Roma. Estaba fascinada con la historia de Olimpia Maidialchini Pamphili, la mujer que tuvo tanta influencia durante el papado de Inocencio X. Quería recorrer los lugares que ella había transitado. Sentir lo que ella vivió construyendo la fortuna de la familia más poderosa de su época. ¿Sería cierto que era la amante del Papa? ¿Sería cierto que asesinó a sus peores enemigos? Sin pensarlo mucho sacó su boleto de avión, reservó una habitación en Viterbo para la primera parte de su viaje y partió.

Llegó exhausta. Sabía que sería difícil adaptarse al cambio de hora. Eran las siete de la mañana cuando llegó a su destino. Cuando el coche la dejó en la entrada del hotel se sintió transportada al siglo XVII. Su fachada tenía el aspecto medieval que tanto admiraba. Al entrar al vestíbulo se decepcionó un poco, pues el decorado era muy moderno para su gusto. Hasta pensó que el edificio había perdido el encanto. Un joven muy guapo de pelo rizado, ojos negros inmensos y piel cobriza, la recibió con una amplia sonrisa. Le habló en italiano, pero al darse cuenta de que la muchacha no entendía, trató en inglés y luego en español. Al registrarla le entregó una tarjeta electrónica para abrir la puerta de la habitación aumentando de esa manera el desencanto de la joven que esperaba una llave antigua. Tan pronto entró en su cuarto miró una moderna cama, igual a la de cualquier hotel del mundo. Se acercó a la ventana para abrir las cortinas y fue entonces cuando tuvo la vista que había anhelado. Una gran cantidad de estructuras medievales se podían observar desde donde estaba. La campiña, los árboles de olivo, los castaños de los que hablaban los libros estaban allí, tal y como los imaginaba. Suspiró contenta y se lanzó a la cama sin desvestirse.

Durmió varias horas. Cuando despertó la habitación estaba a oscuras. Se rascó el antebrazo. Algún mosquito la había picado.

Se levantó despacio, tanteando. Se dio un golpe con algo que estaba en el suelo. Pensó que era la maleta. Buscó el interruptor con las manos sin encontrarlo. Las paredes estaban húmedas y frías. Se acercó de nuevo a la ventana. Lo único que veía eran las estrellas y un cuarto de la luna. Estaba hambrienta y buscó la salida. En la pared, al lado de la puerta, había una antorcha encendida. Le causó risa la ocurrencia de la gerencia del hotel. Seguro que intentaban dar una experiencia medieval a sus invitados. Tomó el hachón y siguió hasta donde estaba el elevador. La luz no era suficiente y no lo encontró, por lo que optó por unas escaleras para bajar a la recepción. Necesitaba encontrar en dónde comer. Moría de hambre.

Cuando bajó no encontró a nadie. Caminó y sospechó que había ido a parar a una habitación distinta a la recepción. Acercó la antorcha a las paredes y eran de piedra. Sintió frío. En el centro del cuarto había una mesa rústica de madera con una canasta llena de pan. Se acercó para tomar un pedazo de la hogaza y entretener las tripas. De nuevo sintió una picadura en la pierna. Levantó su falda para rascarse. «¿Una falda? ¿Cuándo me cambié de ropa?», pensó. Le extrañó la cantidad de material que tuvo que remover para encontrar su piel debajo de aquella saya. Decidió buscar la salida, a ver si encontraba un alma.

—Olimpia —dijo una voz tras de ella—. ¿Qué haces levantada a estas horas?

Sabía que el hombre le hablaba en italiano, pero por alguna razón lo entendía perfectamente.

—Padre —contestó—. No quiero ir al convento.

Entonces se sorprendió. No solamente entendió el idioma, sino que podía hablarlo.

—Ya te he explicado que no tengo para tu dote. Deberás ir al convento como es la costumbre.

—No creo en la costumbre. Me casaré.

Salió de la habitación empujando una pesada puerta de madera. Se encontró de nuevo en el lujoso recibidor del hotel. Las luces hirieron sus ojos. Una muchacha le habló, pero no la entendió. Mediante señas le preguntó dónde podía comer. Ella le señaló la puerta por donde acababa de salir. «Quizás estaba todavía dormida cuando bajé hasta esa cocina», se explicó caminando de nuevo hacia el lugar.

—Doña Olimpia —una mujer vestida de falda larga y delantal le mostraba un faisán que tenía en la mano—, ¿cómo quiere que lo cocine?
—Asado, con viandas y verduras —contestó—. Recuerda poner en la mesa el mejor vino y frutas. El cardenal Pamphili regresa de Madrid esta noche. ¡Todo debe estar perfecto!

Dicho esto, caminó hasta otra habitación. Molesta miró hacia la calle llena de mierda de caballo y moscas. Los mercaderes vendían sus productos, voceando, volviéndola loca con el escándalo. El olor a podrido y a excremento también la sofocaba. Apenas podía caminar con tanta ropa. Sentía el corsé apretando sus carnes. Otra picada y mortificada, buscó salir de allí. Mientras se rascaba salió al patio lleno de carruajes. Los hombres hicieron silencio de inmediato al verla.

—¿Por qué se callan? —inquirió.

«Estos italianos están bien raros», se dijo. Observó los coches con interés. «¡Qué bien conservados están después de tantos siglos!», concluyó. Dio un paseo por las calles de barro y piedra. Se admiró de lo bien que estaba ambientado todo en la época renacentista. Los disfraces de los hombres, mujeres y niños parecían reales. Hacía bastante calor y decidió regresar al hotel para darse un baño. Caminó hacia el elevador y entró en su habitación. Puso a llenar la bañera y fue a mirar por la ventana.

—Señora —una voz conocida la sacó de su contemplación—. Traje el agua que pidió.

—¡Pero esa agua no es suficiente para un baño! —respondió fastidiada.

—¡Señora! Recuerde que bañarse en tina puede dejarla ciega —aseguró la mujer.

—¿Ciega? ¿Estás loca? Mira, ¡vete! —dijo sacándola a empujones.

Confundida por la falta de higiene que parecía ser la costumbre en este lugar, se desnudó. Tomó un paño que encontró, lo humedeció y se dio un baño de gato. Salió, volvió a bajar las escaleras y encontró una gran mesa aliñada con toda clase de manjares. Hambrienta corrió a ella y tomó unas aceitunas que le parecieron deliciosas. Enseguida entró un hombre vestido con el disfraz de la época y le anunció que el Papa Inocencio estaba listo para la cena.

—Está bien, está bien —dijo sin poder evitar una carcajada.

La puerta se abrió y entraron varios hombres, uno vestido como el Sumo Pontífice de la pintura de Velázquez. «Esto sí que es realismo», pensó. Esperaron que el solemne hombre se sentara a la cabeza de la mesa y todos lo hicieron después.

—Olimpia, hay demasiados rumores que no favorecen al Vaticano. Creo que tendrás que permanecer aquí. Ya no eres bienvenida en Roma.

—¿Ah?

—Dicen que sacas ventaja de tu relación conmigo, utilizas el tesoro para tus fines, que vendes tus influencias. ¡No conviene! ¡No conviene!

—Pero, ¿qué dices?

El Papa se levantó y salió con los demás hombres. Ángela se quedó sentada tranquilamente, hasta terminar de comer. Luego se paró para rascarse la espalda. «Bueno, pero que muchos insectos hay aquí», dijo mientras salía del comedor.

—Madre —dijo un hombre muy guapo que la esperaba en la estancia—. El Santo Padre acaba de fallecer.

«Esto se pone cada vez mejor... Voy a seguirle el juego», se dijo.

—¿Y qué se supone que haga?
—Hay que enterrarlo.
—Se supone que eres el hombre de la familia...

El supuesto hijo se fue sin decir más. Ella decidió que ya era tarde y que era mejor que se fuera a dormir. Se retiró a su habitación con su cómoda y moderna cama. Se quitó la ropa y volvió a acostarse. En medio de la noche se levantó, pues el cuerpo le picaba. Como la primera vez, no encontraba el interruptor y supuso que la antorcha estaría afuera, al lado de la puerta. Allí la encontró y caminó por el pasillo buscando un espejo, le ardía la cara. Cuando encontró uno, alumbrando se miró. El reflejo de una matrona le sorprendió. Una mujer desconocida la veía desde el espejo. Se tocó la cara y el reflejo hizo lo mismo. Notó que unas ampollas llenas de pus cubrían el rostro de la anciana.

—¡Señora! —gritó una mujer—. ¡Está contagiada!
—¿Contagiada de qué?
—¡No! Por favor, no se acerque... ¡Tiene la peste! —dijo la mujer corriendo lejos de Ángela.

Ella sintió náuseas y un mareo terrible. Como pudo regresó a su cama y allí perdió el sentido. Cuando abrió los ojos una fiebre terrible la abrasaba. Miró sus brazos llenos de ampollas purulentas. Recordó que la peste era transmitida por las pulgas. Seguro que esas eran las picaduras que sentía desde que llegó. El hotel tenía que ocuparse de encontrarle un médico o llevarla a un hospital. ¡Qué mal servicio! Ya le daría una mala puntuación cuando tocara la crítica.

Miró alrededor buscando un teléfono para llamar al vestíbulo, pero se encontró en una habitación de piedra: sola y moribunda.

Al otro lado del mar

Raquel cumplió cincuenta y seis años, y su hijo, Antonio, le hizo el regalo de su vida. El viaje a España que había soñado desde que era adolescente. Estaba en el aeropuerto con sus maletas, dispuesta a emprender su tan anhelada aventura. Le dio mil abrazos a Antonio, lo besó, y por enésima vez le agradeció por haber hecho realidad su sueño.

Los abuelos de Raquel eran de Madrid, por eso quería ir a la patria de sus ancestros y pasear por los lugares que ellos le habían descrito. Se acomodó en la butaca para el largo viaje de catorce horas. Tomó una cobija y se dispuso a leer un libro que había comprado en la zona *duty free*. Tan pronto escuchó las hélices girar, a la asistente de vuelo dar las instrucciones y al piloto anunciar el despegue, cerró los ojos. En un santiamén se quedó dormida con el libro sobre las rodillas.

Unas horas más tarde, despertó porque tenía deseos de ir al baño. Estaba en el asiento de la ventana, así que pidió permiso a las personas que estaban a su lado para pasar. Salió dando tumbos por el pasillo, hasta llegar al diminuto lugar de alivio. Entró con dificultad y con más dificultad aún, se puso en cuclillas para hacer lo que fue a hacer. «Cuando era más joven estos baños eran más amplios. Hasta el amor se podía hacer en ellos», pensó. Se levantó enderezándose de su inconveniente posición. Se lavó las manos y de nuevo se fue a dar tumbos por el pasillo. Despertó a sus vecinos de asiento, quienes muy a la española le soltaron que moviera el culo y acabara de sentarse. Luego de mil piruetas volvió a su asiento y durmió el resto del viaje.

Abrió los ojos con el anuncio del aterrizaje. «¡Madrid, Madrid, Madrid!», tarareaba en sus pensamientos. Entonces esperó con calma que le tocara desembarcar para ir a recoger su maleta. De allí agarró el taxi hacia *La Posada de Huertas,* en donde se iba a hospedar. El taxista dio varias vueltas y finalmente la llevó a su destino. Cuando llegó a su habitación, se tiró sobre la cama sintiéndose la mujer más feliz sobre la tierra.

Tenía hambre y decidió darse un baño para salir a cenar. Se le hacía la boca agua pensando en todos esos manjares españoles: tapas, paellas, fabadas, chorizos, empanadas. Pensaba acabar con la gastronomía madrileña y luego ir a ver algún espectáculo nocturno. Ensimismada en sus pensamientos, entró al baño y se desnudó. Puso con cuidado los productos de belleza sobre el tocador. Agarró una toalla para retirar el maquillaje, cuando de pronto, ¡zas! A esa mujer que la miraba atónita desde el espejo, no la había visto como en treinta años. Quitó su vista y miró de nuevo, rápido, como quien juega al esconder. ¡Aún estaba allí! No se había ido.

Comenzó a mirar el reflejo desnudo. «Este es el cuerpo que tenía antes de que naciera Antonio», se dijo. «Es que son las mismas nalgas duras y redondas. Las mismas tetas levantadas y firmes. El mismo rostro lozano de entonces. ¿Pero cómo ha sucedido esto?», se preguntó. «Voy a bañarme y todo desaparecerá», se dijo, convencida de que lo que veía era producto de su imaginación.

Tomó la ducha con agua casi hirviendo. Luego se tiró un chorro de agua fría para terminar. Salió convencida de que vería a la misma Raquel, de cincuenta y seis años, que salió de Nueva York. Se miró de nuevo al espejo. Allí estaba la misma joven, esbelta, con su melena de rizos color caramelo y de piel perfecta, que una vez fue. La ropa le quedaba grande. Se vistió como pudo. Salió hacia una tienda donde compró todo lo que necesitaba. Regresó a la hospedería y se arregló gozándose de lo que veía en el espejo. Salió hermosa a la calle, cautivado la atención de los hombres que le pasaban por el lado.

Llegó al lugar donde iba a cenar. Pidió una mesa y se sentó a ordenar todo lo que le apetecía. En ese momento, un joven se le acercó.

—Perdóneme —dijo—. ¿Va a cenar aquí sola?

—Ese es mi plan —contestó—. No espero a nadie.

—Entonces, ¿por qué no cenamos juntos? También estoy solo.

Raquel decidió que era joven y bella esa noche. Si a las doce el sortilegio que la había convertido en la muchacha apetitosa que una vez fue se rompía, al menos lo disfrutaría. Comieron y bebieron. Conversaron, rieron y se enamoraron. Se besaron y ya no hubo marcha atrás. El joven la llevó con él a su casa y de tanto amor hasta la cama se rompió. Ella se miraba en el espejo cada vez que podía para verificar que el hechizo todavía le abrigaba.

A la mañana siguiente, Raquel seguía hermosa. Los dos se volvieron inseparables durante todo su viaje. Iban a las fiestas, a los museos, a las obras teatrales. No se separaron ni un segundo, pero como a todo en la vida, llegó su final. Tenía que volver a su tierra y a su familia.

—¿Cuántos años tienes, Ricardo? —preguntó Raquel la noche antes de irse.

—Tengo treinta —contestó tranquilo, como el que tiene la vida por delante.

—¿Y tú, Raquel? ¿Cuántos?

Pensó que se moría porque tenía dos opciones, decirle la verdad y acabar de una vez o mentirle hasta mañana cuando desaparecería para siempre. Optó por lo segundo. Vivió su última noche de amor con intensidad.

De vuelta a Nueva York, todo volvió a la normalidad. Raquel tenía su mismo cuerpo, su mismo culo, las mismas tetas que cuando se fue. Poniendo las fotos del viaje en la cuenta de *Facebook*, se dio cuenta de que Ricardo se veía joven y ella... de cincuenta y seis. Por el bien de los dos, dejó las cosas así. No quiso saber nada más de él y regresó a su mundo. Continuó trabajando como esclava en su salón de belleza.

—Raquel —llamó alguien. Cuando se volteó, un hombre desconocido, más o menos de su edad, estaba delante de ella.
—¿En qué le ayudo, señor? ¿Desea un recorte?

El hombre sonrió.

—Un recorte está bien —dijo con acento español—. Veo que no me recuerdas.

Raquel buscó en aquel rostro algo conocido. Miró sus ojos azules y soltó un grito.

—¡Ricardo! ¡Ricardo! ¿Qué haces aquí? —preguntó mientras se echaba en sus brazos.
—Ven, mujer. Tenemos que volver al otro lado del mar… Allá somos jóvenes y podemos disfrutar nuestro amor.
—¿Cómo sabes eso? —preguntó Raquel.
—Me di cuenta una vez que viajé a este lado del mar y envejecí. Así como estoy ahora. Al regresar a España todo volvió a la normalidad.
—Pero es que tu normalidad no es la mía. Yo soy normal en Nueva York y tú lo eres en Madrid.
—Raquel, ven conmigo —insistió—. Puedes vivir una vida nueva, desde el principio.
—Pero yo tengo un hijo. ¿Cómo he de borrarlo de mi vida?
—No lo harás. Él quiere que seas feliz.

Raquel habló con su hijo, quien le dio su bendición. Sin pensarlo, se fue detrás del amor al otro lado del mar. Al cabo de unos meses, su rostro empezó a envejecer aceleradamente, ni hablar de su cuerpo. Al parecer no había marcha atrás. Ricardo la llevó a los mejores doctores y científicos y todos decían lo mismo. Tenía que volver o moriría prematuramente.

—No importa, Raquel —dijo Ricardo—. Tu mundo es allá y el mío es donde tú estés.

—Pero no puede ser. ¡Perderás tantos años de tu vida conmigo! —dijo sollozando.

—Perderé la vida entera sin ti.

Fue así como Ricardo se hizo viejo, sin vivir los treinta, ni los cuarenta, y apenas los cincuenta.

Clodomira

Clodomira vivía enamorada del amor. A los sesenta años, nunca se había casado, no había tenido novio ni perro que le ladrara. Iba y venía todos los días de su trabajo vestida como monja con el traje hasta el cuello y las mangas hasta las muñecas; su cabello encanecido subido en un moño y su rostro arrugado, irremediablemente mostraba el paso de los años. Saludaba mirando al suelo y de inmediato se metía en su cubículo. Comía en él encerrada y no lo dejaba más que para ir al baño y a la hora de salida.

Tan pronto la mujer tomaba el autobús miraba su móvil con la esperanza de leer algún mensaje. Si lo tenía, sonreía, y tímidamente miraba alrededor temerosa de que alguien notara su sonrojo. Clodomira se había registrado en una cuenta de *match.com* para conseguir, aunque fuera, un amor cibernético. Incluyó una foto en su perfil que no era muy reciente, pero nadie tenía que saberlo. Al llegar a su pequeño apartamento, se quitaba los zapatos en la puerta, dejaba el bolso sobre la mesa y corría a encender el computador. Mientras tanto, ponía a calentar una cena preparada en el horno de microondas, esperaba con ansias a que Aquiles —el último que le envió un mensaje—, se conectara.

Con paciencia se sentó frente al aparato a engullir sus alimentos. Nada. Decidió prepararse un café y darse un baño. La espera la impacientaba, pero no podía notársele. Su vida en internet era todo lo contrario de su verdadera vida: excitante, estimulante, provocadora. En su perfil era una exitosa modelo internacional, siempre ocupada en alguna pasarela del mundo. Según ella —en su existencia alterna—, apenas tenía tiempo para salir a tomarse un trago con ninguno de sus seguidores, pues viajaba mucho de América a Europa y viceversa.

—Hola —sonó un *ding* en el computador avisando que Aquiles estaba conectado.

—Ah, ¿qué tal? —respondió.

—Perdona que no había hablado antes… Es que estaba muy ocupado en una reunión de trabajo —se excusó él.

—No te preocupes, yo entiendo… El trabajo consume casi todo mi tiempo.

—Te quería decir que estaba mirando tu perfil y eres una mujer hermosa.

—Gracias…

—Ya veo que trabajas como modelo.

—Sí, así es. Ahora mismo estoy en Tokio para un *photo shooting* que tengo mañana —dijo adelantando la información para que él no le pidiera una cita.

—Yo estoy en Nueva York, ¿cuántas horas de diferencia tenemos?

Clodomira no tenía idea de las horas entre una ciudad y la otra. Abrió una pestaña en el computador para buscar la información en el *Google*.

—Creo que son alrededor de doce a trece horas —dijo saliendo del aprieto.

—¿Y en qué trabajas tú? —preguntó para cambiar el tema.

—¿Yo? Soy ingeniero. Trabajo para unos pozos petroleros.

—¿Y hay pozos petroleros en Nueva York?

—Sí, de hecho, estos fueron de los primeros en el mundo.

—Qué interesante. Todos los días…

—Aprende uno algo nuevo —interrumpió—. Me lo dicen todo el tiempo. ¿Y dónde vives, Dánae?

—En hoteles, cariño. Viajo demasiado para tener una casa, ya sabes, tendría que contratar a alguien que se hiciera cargo. Mira me encantan los perros y no puedo siquiera tener uno —contesta.

—A mí también me gustan los perros. Tengo dos.

La sola idea de que tuviera perros le daba alergia. La verdad era que a Clodomira ni le gustaban ni le interesaban los animales, cualesquiera que fueran.

—¿Y cómo se llaman tus perros?

—Héctor y Andrómaca, como los personajes de *La Ilíada*.

—Muy original… ¿Por eso te llamas Aquiles?

—Así me llamó mi madre y sigo con la tradición. Tu nombre es muy bonito también. ¿Sabes qué significa?

—Sí, era la mujer que Zeus amó y por la que se convirtió en lluvia de oro para sacarla de una torre. Fue la madre de Perseo. Creo que nuestros padres eran adeptos a la mitología griega.

—Eso parece. ¿Y cuándo se te puede ver?

—Déjame ver, creo que tengo que ir a Nueva York en septiembre.

—¿Tengo que esperar tanto para verte?

—No es mucho… Tengo que irme, Aquiles. Tengo que lucir fresca en la mañana, empiezo temprano.

La mujer cortó la comunicación enseguida. Era siempre igual, cuando querían verla se desconectaba hasta el otro día.

Cuando subió al autobús en la tarde tenía un mensaje de Aquiles. Quería hablar con ella de nuevo. Hasta que se pusieron de moda las redes sociales y los sitios para encontrar pareja, Clodomira se había dedicado a leer. No le gustaba la televisión y hasta parecía una biblioteca viviente. Según fue conversando con Aquiles se dio cuenta de que él era muy conocedor de diversos temas. Sus conversaciones eran muy amenas hasta que llegaba el tema de conocerse. En ese punto, ella buscaba la excusa para cortar. Él hasta le había pedido que se vieran por *Skype,* pero le dijo que su computador tenía un problema técnico.

Aquiles le contó que tenía una hija de quince años, pero no estaba en cualquier lugar del mundo. Estaba en Ghana, África, en

145

un colegio para señoritas. A la mujer le pareció extraño, pero en efecto, había un internado en ese lugar. Él le contó que la madre de la niña había muerto y que los abuelos vivían allí y se las había encargado, pero que había decidido ir a buscarla. Ya estaba cansado de tenerla de lejos e iba a dar el viaje para traerla a los Estados Unidos. Clodomira estaba enternecida con las cosas que Aquiles le contaba sobre su hija y deseó ser esa modelo que le había inventado. Pero ya era tarde, su mentira ya estaba muy adelantada. Sentía que se había enamorado de ese desconocido, de quien sólo tenía una foto y el perfil en *match.com*.

En la foto, Aquiles era un hombre moreno, alto, corpulento, de unos cuarenta años. ¿Pero y si él también era una mentira? Ella sentía ilusión por alguien que también tenía una vida alterna. En su otra vida, no la que tenía con ella, le había contado que cuando fue a buscar a su hija le habían robado. Unos hombres armados con revólver habían detenido el taxi en donde iba y le habían quitado sus pertenencias a la fuerza. Lo raro era que no le hubiesen robado su cartera y su pasaporte, pensaba, pero no se atrevía a preguntar. Sentía que estaba envuelta en su propia irrealidad.

—Voy poco a poco —le contaba Clodomira a su única amiga Aura—. Él me dijo que después de buscar a su hija iba a verme en cualquier lugar del mundo donde estuviera.
—¿Ajá?
—Él es como la mala suerte... Siempre le están pasando cosas raras.
—¿Sí? ¿Cómo qué?
—Pues me contó que cuando iba a buscar a su hija, apenas le dio tiempo para hacer su maleta porque se puso a limpiar su casa y a cambiar el aceite del auto.
—¿Y qué tiene eso de raro? —preguntó la amiga.
—Pues si tiene tanto dinero como dice, por qué no buscó a alguien que le limpiara la casa y llevara el carro a un lugar para que le dieran mantenimiento.

—Tal vez es un hombre al que le gusta hacer las cosas por sí mismo.

—Pero igual, mira, va a traer a la niña. Le pregunto si no tiene familia que lo ayude, porque trabaja mucho y a veces tiene que estar varios días en las plataformas petroleras en el mar. Me contesta que no, pero que va a contratar a una nana.

—Pues eso me parece bien, alguien lo tiene que ayudar.

—Sí, pero una nana cuesta mucho.

—Pero él deberá tener dinero para pagar si lo dice.

—Eso dice, que tiene dinero para pagar. En fin...

—Que te has enamorado de alguien que ni siquiera sabes si existe.

—Exacto.

—¿Y qué vas a hacer si insiste en conocerte? No eres la modelo de treinta años que él ha visto en tu perfil.

—No, la verdad. No sé qué voy a hacer. ¿Desconectarme?

—Tal vez.

—Pero es que estoy muy acostumbrada a hablar con él todos los días.

—¿Todos los días? Pues creo que está tan interesado como tú.

—Qué estúpida soy al creerme esta mentira. ¿Sabes? Yo siento que soy esa otra mujer. Ya ni sé cuándo soy Dánae o cuando Clodomira. La cara y el cuerpo que veo en el espejo no corresponden a la mujer que soy.

—No me gusta verte afligida, amiga. Ya verás que todo se resolverá.

Aura se despidió de Clodomira con un abrazo. Mientras bajaba las escaleras se burlaba de su amiga. Hacía meses que le hacía una broma, se hacía pasar por Aquiles. Todas las noches encendía en computador para inmiscuirse en la intimidad de Clodomira y reírse de su ingenuidad. Ya le daba lástima y decidió terminar con la mofa.

Clodomira se cansó de esperar a Aquiles esa noche. Se preguntaba qué le había podido suceder. ¿Se había cansado de pedirle que se encontraran? ¿Era una mentira igual que ella? ¿Le habría pasado algo? ¿Un accidente? ¿Falleció? Afligida se dirigió al espejo y allí se encontró con Dánae. Al otro día no se presentó al trabajo. Ni al siguiente. Al jefe le pareció extraña su ausencia y decidió pasar por su apartamento él mismo. Tocó la puerta y una mujer abrió, una total desconocida que se parecía a su empleada, una máscara de maquillaje, casi desnuda, y con una actitud diferente. Se le abalanzó encima tratando de besarlo, llamándolo «Aquiles».

Unos minutos más tarde la ambulancia del sanatorio mental se llevaba a Clodomira.

El brebaje

Era de madrugada. El gallo cantaba y azotaba sus alas en señal de que era hora de que todo el mundo se levantara en la Hacienda Villaseñor. Pero los peones y las cocineras ya estaban de pie hacía rato y pendientes de otra cosa. En medio de la mañanera algarabía, se escuchaban los gritos de Doña Mariana Alcocer de Villaseñor. Desde la una de la mañana —los niños suelen llegar a esas horas inoportunas—, habían mandado a buscar al doctor para que la asistiera en el parto de quien sería el primer heredero de esta acaudalada familia.

Don Guillermo se paseaba de un lado al otro del salón viendo como entraban y salían las mujeres con palanganas de agua caliente y toallas para asistir al buen médico. De vez en cuando entraban con un café recién colado para que el hombre pudiera sostenerse durante esta labor que a todas luces tomaría bastante tiempo.

Villaseñor salió al porche. Un puro y otro apuraba sin que nadie le diera noticias. Escuchando los gritos de la mujer, juraba que jamás volvería a tocarla para no hacerle tanto mal. Mientras estaba en esas elucubraciones, una de las mulatas se le acercó.

—Don Guillermo, que ya ha nacido su hija.
—¿Mi hija? —preguntó decepcionado.
—Sí, señor. Venga a conocerla —dijo la mujer, adivinando lo que su patrón pensaba.

Guillermo era joven, acostumbrado a que le llamaran «don» se sentía envejecido. Cuando entró en la habitación, Mariana ya estaba arreglada con un batón blanco —entre almohadas y sábanas níveas—, su cara hinchada aún mostraba el esfuerzo de las horas de labor, pero no minaba su belleza. Con cara de susto le mostró el rollito que tenía en sus brazos.

—Perdón —dijo—, esta vez no te di un varón.

Guillermo no la escuchaba. Estaba anonadado con aquella cabecita color zanahoria y piel de durazno que su esposa tímidamente puso en sus brazos. Una lágrima bajó por su mejilla.

—Perdón, ¿por qué? Si esta es la cosa más bella que he visto en mi vida.

Llamaron a la niña Guillermina —que no era el nombre más bonito del mundo—, en honor al orgulloso padre, a quien jamás le importó que nunca llegara el tan ansiado heredero de los Villaseñor.

Guillermina creció recibiendo los mejores cuidados y consentida no sólo por sus padres sino por todo aquel que vivía en la Hacienda. Se acercaban sus quince años y el padre decidió echar la casa por la ventana. Doña Mariana buscó la mejor modista de la capital para que le hiciera el vestido de exquisitos tules que había mandado a buscar de España. Música, comida, todo lo mejor para esta fiesta, pues con los quince se presentaba la mujercita a la sociedad y era menester presentarla con la pompa que la ocasión ameritaba. Las invitaciones se enviaron a las haciendas cercanas, esperando que alguno de los jóvenes herederos se enamorara de Guillermina, de la misma manera que había sucedido con sus padres.

Comenzaron a llegar las primas y sólo se escuchaban sus risas por el caserón. Unas a las otras se hacían trenzas y practicaban los peinados que habrían de lucir en la fiesta. Guillermina quiso ir al pueblo para comprar unos adornos y todas fueron en el coche cantando y riendo. Al llegar al pueblo, fueron de una tienda a la otra mirando, tocando, comprando todo lo que querían.

Bartolo las observaba. El negro retinto, de unos treinta y cinco años —según los cálculos de quienes lo vieron llegar al pueblo—, enseguida posó sus ojos en Guillermina. Para entonces los negros cimarrones eran libertos, y ya no andaban por la sierra acechando a los ricos hacendados ni los soldados de la corona persiguiéndolos a ellos.

—Dichosos mis ojos que han visto la estrella más brillante del firmamento —piropeó el moreno.

Guillermina, altiva como era, volvió sus ojos hacia él y escupió en el suelo con un gesto de repugnancia.

—Abrase visto negro más igualado —dijo recogiéndose las faldas y alejándose seguida por sus primas con la misma actitud.

Bartolo no era un negro cualquiera. En la época de los cimarrones había sido comandante, un valiente guerrillero del grupo de rebeldes y por sus venas no corría ni una gota de sangre blanca. Era orgulloso y el desprecio que le había hecho la niña de los Villaseñor no quedaría impune, se juró.

Llegado el día esperado, la imagen de Guillermina era como una aparición de un ángel. Su vestido blanco con cascadas de tules y toques dorados realzaban sus rojos cabellos. Sus primas eran como florecitas de colores, que adornaban el jardín de niñas que la acompañaban en la ceremonia de sus quince años. Llegado el momento, su padre se arrodilló y cambió sus zapatillas de niña por zapatos de tacón, para así señalar su entrada a la etapa de mujer y su disponibilidad para el matrimonio. Los herederos de las haciendas colindantes, admiraban su belleza y también hacían cuentas de cómo quedarían sus propiedades si se les añadía la de los Villaseñor. Don Guillermo los observaba y conversaba con ellos. No pensaba entregar a su mayor tesoro a cualquiera. Para él también era importante el carácter de aquel que pidiera a su hija por esposa.

Luego de la comida en la que se ofrecieron los mejores manjares de la campiña a los comensales, empezaría el baile que no tenía hora de terminar. Guillermina fue a su habitación a cambiarse el vestido para ponerse otro que le había comprado su mamá, para esta parte de la fiesta. Sobre la cama estaba el traje tendido y un frasco de perfume francés con una tarjeta que sólo leía: «Feliz quince años». Guillermina sonrió pensando que uno de los herederos que estaba en el convite le había hecho tan fino regalo. Se cambió enseguida y se puso unas gotas de la fragancia. Se miró en el espejo y se soltó el pelo. Entonces salió hacia el salón que habían arreglado para el final de los festejos.

Alegre, llena de sueños, disfrutando de la noche y de la brisa caribeña, de pronto se vio intervenida por Bartolo que venía montado en un caballo plateado.

—Buenas noches, niña —saludó—. Espero que haya recibido mi regalo.
—¿Tu regalo?
—Sí, el perfume francés que dejé sobre su cama.
—¿Era tuyo? No sabía que tenías tan buenos gustos.
—No conoce nada de mí, señorita.

Guillermina rió, sin embargo, no se mofaba de él. No sabía si era el efecto de ser mujer y que ahora veía las cosas diferentes.

—Es hermoso tu caballo —dijo.
—Es un caballo guerrero, no hay ninguno como él.
—Y tú, ¿eres guerrero también?

Bartolo sonrió porque no era hombre de fanfarronear.

—¿Quieres dar un paseo?
—Me gustaría, pero me esperan para el vals.
—Bien —dijo—. Ve, baila el vals y yo te espero aquí.

Guillermina se fue con los pies livianos. Su padre la besó en la frente y bailó con ella la versión criolla del Danubio Azul hasta que los jóvenes herederos —uno por uno—, tuvo su turno. La muchacha les sonreía, pero parecía estar en otro lado, hechizada. Tan pronto terminó la pieza y comenzó oficialmente la fiesta, ella escapó ayudada por la oscuridad hasta donde estaba Bartolo quien no se había movido de allí. Sabía que volvería. Los brebajes de Asunción jamás fallaban.

La vio regresar de puntitas, mirando hacia atrás, asegurándose de que nadie la seguía. Cuando llegó hasta él, la ayudó a subir en el caballo. El subió detrás de ella, palpando su breve figura. Ya nunca más se separarían.

San Juan, 1980

Conocí a Úrsula en la fila de la universidad. Era nuestro primer año y nos ganaba la emoción haber sido aceptadas en la Escuela de Comunicaciones. Para entonces no teníamos computador personal ni las matrículas en línea, de las que gozan los estudiantes hoy día. El proceso era más complicado y agobiante. Ibas de facultad en facultad, haciendo el programa de clases con las que aún quedaban disponibles, montando un Frankenstein que funcionara con los cursos que necesitabas para graduarte, con suerte, en cuatro años. Era tan larga la línea, que nos dio tiempo para contarnos la vida entera. Aunque a los diecisiete años la vida no era tan larga, claro. Sin embargo, a ella le había dado muy fuerte. Éramos muy diferentes, nuestro entorno, las experiencias vividas, pero había algo en ella que de inmediato me atrajo para siempre.

Úrsula tenía una gran tristeza en los ojos. Sus rizos rojizos que le caían hasta media espalda embellecían aquel rostro de niña abandonada. La ropa le quedaba muy suelta como si hubiera perdido mucho peso recientemente. Me contó que se había enamorado a los quince años de un hombre mucho mayor. Que él la seducía y la llevaba a hoteles baratos que olían a desinfectante, en los que las sábanas, ya traslúcidas por el uso continuo, arropaban las falsas promesas de amor de aquel malnacido que la embarazó estando casado. Por supuesto, ella no sabía que lo estaba. No era la primera vez que el sinvergüenza engañaba a una mujer, a ella ya le había mostrado un acta de divorcio de la que fuera su primera esposa. La pobre Úrsula creyó toda la mentira de que era libre y se entregó a él sin pensarlo, aún en aquella época, la virginidad era importante. No serlo era un estigma tan espantoso, tanto como si tuvieras un tatuaje de una serpiente en pleno rostro.

Cuando Úrsula supo que estaba embarazada, le pidió al maldito que respondiera. Él era un cobarde y le dijo que podían resolver «el problemita» de otra manera. Ella en su inocencia se atrevió a preguntar cómo podían resolverlo.

154

—¡Un aborto! ¿Cómo puedes pedirme algo así? —preguntó con dolor —Dijiste que me amabas…

—Y sí te amo, pero si no se enteran en tu casa será mejor… ¿No crees?

Úrsula no lo pensó dos veces, se enfrentó a él, lo amenazó con llevarlo a la corte y le dijo que no quería deshacerse del niño. Esa noche no regresó a su casa. Él la llevó a la casa de su hermana quien se quedó azorada cuando los vio llegar.

—¿Pero tú estás loco? —le preguntó llevándolo aparte.
—Amelia, por favor, ayúdame —respondió—. Tengo un lío muy gordo.
—¡Es que es una niña! ¡Te van a meter preso!
—Ni lo digas… Voy a tener que casarme con ella.
—¿No me digas que está preñada?

El silencio del hermano lo dijo todo. Enfurecida la mujer arregló una cama para que Úrsula descansara.

—¿Tienes hambre? —le preguntó.
—No… —contestó echándose a llorar.

Amelia abrazó a la niña con lástima. Sabía perfectamente lo que le traería el porvenir: maledicencia, deshonra y los golpes de su hermano. Ya había pasado esto antes y sentía como si colaborara con él, arruinando la vida de jovencitas.

—Mañana temprano llevas a esta niña a su casa y das la cara —ordenó al sinvergüenza—. Hablas con sus padres, te disculpas por la noche que les has hecho pasar y les dices que te vas a casar con ella de inmediato.

Los padres de Úrsula estuvieron buscándola en los lugares que frecuentaba y llamando a sus amigas infructuosamente. No había teléfonos móviles, ni localizadores de personas en aquella época. La madre estuvo toda la noche llorando, pensando lo peor. El padre fue hasta la delegación para reportarla perdida, pero como no habían pasado veinticuatro horas desde la última vez que la vio no tomaron la denuncia.

—¿No se habrá ido con el novio? —preguntó el oficial socarrón.

—¿Cómo iba a irse con el novio, si ni siquiera tiene? —contestó el padre furioso—. ¡Es una niña! —le dijo.

—Bueno, caballero… No se moleste. A veces pasa que las niñas se van con los novios.

—Ya le he dicho que no tiene novio —recalcó furioso, aunque en el fondo sabía que era una posibilidad.

Cuando se fue el guardia le comentó al compañero que este era un caso de los que se resolvían solos en la intimidad del hogar.

—Los padres ni saben lo que los hijos hacen…

El padre de Úrsula lloró desconsolado hasta llegar a la casa. Todavía en el auto se enjugó las lágrimas para que su esposa no lo viera tan acongojado. Cuando entró se encontró a la esposa sentada en una butaca pensativa.

—¿Te acuerdas cuando nos casamos a escondidas? —le preguntó.

—Sí, lo recuerdo muy bien.

—La historia se repite.

—Eso parece… ¡Pero si la niña no tiene novio!

—Que no lo sepamos no quiere decir que no lo tiene.

—Es cierto —dijo abrazando a su mujer.

Por la mañana Úrsula llegó a su casa. Sus padres la esperaban sentados en el sofá. No habían dormido un segundo.

Parecía como si hubieran envejecido de pronto. El padre se levantó y la abrazó.

—¿Estás bien, hija? —preguntó—. ¿Qué te ha pasado?
—Papá, estoy embarazada.

Se escuchó el gemido de la madre y el padre la abrazó con más fuerza.

—¿Quién ha sido?
—Tengo novio, papá —contestó asustada—. Está ahí afuera y quiere hablar con ustedes.
—Bueno, creo que han hecho las cosas al revés, pero dile que entre.

El hombre entró a la casa con su cara burlona. No sabía estar entre gente decente. Los padres se sorprendieron de que era ya mayor para Úrsula. La madre le ofreció un café y como quien se lo merece todo, le pidió que le trajera uno y si tenía con qué acompañarlo, mejor. No había desayunado todavía, dijo. La mujer suspiró molesta y se fue a la cocina a prepararle el desayuno a su futuro yerno. El padre anunció que tenían que hablar.

—Soy todo oídos —dijo arreglándose el bigote, echándose hacia atrás en la butaca y cruzando una pierna sobre la otra.
—Supongo que después de lo que ha pasado usted piensa casarse con mi hija.
—Sí, claro. No tengo más remedio.
—Si no estuviera poniendo los ojos en criaturas como mi hija, sí tendría remedio, ¿no cree? —reclamó el padre conteniendo las ganas de partirle la cara a aquel asalta cunas.
—Claro, claro… ¿Ya está el desayuno?

La madre sirvió el desayuno y mientras estaba feliz comiendo de repente soltó:

—Solo hay un pequeño inconveniente. Todavía estoy tramitando mi divorcio y se tarda un poco.

—¡¿Qué?! —gritó Úrsula—. ¡¿No me mostraste tus papeles de divorcio?!

—¡Ah, no, mi amor! Esos eran los de mi primera esposa. Tengo que divorciarme de la segunda para poder casarme contigo.

Úrsula se levantó de la mesa y corrió hacia su cuarto. La madre fue tras ella.

—Mire, caballero… —dijo el padre—. Mejor es que se vaya ahora mismo o le rompo…

—No es necesario que se ponga así, estoy dispuesto a casarme con su hija.

—¡Usted es un charlatán!

—Tampoco me insulte —reclamó tomando un pedazo de pan con mantequilla —. Para el camino —dijo guiñando un ojo a padre de Úrsula, quien lo corrió hasta que subió al coche.

Después que se compuso, fue al cuarto de su hija.

—¿De verdad quieres casarte con ese payaso, hija?

—Es que estoy embarazada…

—Si es por eso, no tienes que hacerlo —dijo dulcemente—. Yo cuidaré de ti y tu hijo.

—Perdóname, papito —Y se refugió en los brazos de su protector.

Así terminó la historia del primer amor de Úrsula. El hombre nunca se hizo cargo del niño, sólo por obligación le dio el apellido. Igual les daba a los padres. Era mejor mantener a ese hombre lejos de su hija y sobre todo del niño, no fuera a aprender sus formas. No escapó mi amiga —por supuesto—, de las miradas insultantes de la gente, ni de que algunas que creía sus amigas la abandonaran, pero sus padres insistieron en que terminara la escuela y se registrara en la universidad. Ahora tenía una razón muy poderosa para luchar, insistieron. En este punto se cruzaron nuestras vidas.

Hacía poco yo había comenzado una relación con un compañero del colegio luego de haber sufrido mi primer desengaño amoroso, que en pocas palabras se resumía, en que ante mi negativa de darle «la muestra de amor», la buscó en otra que se embarazó y tuvo que casarse.

Sebastián, mi nuevo novio y yo entramos a distintas universidades, pero como vivíamos en un pueblo retirado de la ciudad, rentamos un apartamento en el área metropolitana que compartíamos con Eloísa, Brenda y Felipe. En esos días había perdido mi virginidad y estaba asustada de que Seba no me cumpliera. De todo esto y más hablamos en aquella interminable fila. Tomamos todas las clases juntas y luego fuimos al apartamento donde les presenté al grupo.

Úrsula tenía ganas de vivir, de hacer las mismas cosas que hacían las chicas de su edad. Desde su embarazo hasta que llegó a la universidad, su vida había estado bajo el ojo protector de sus padres. Y el temor de que la volvieran a herir les había convertido en sus carceleros. Cuando vio la libertad en la que vivíamos quiso ser parte. Los padres se opusieron a nuestra amistad, ¿dónde se había visto que chicas y chicos vivieran solos en un apartamento? Una noche llegó —niño en brazos—, después de una riña mayúscula con ellos. Y la recibimos como parte de «la ganga» y al Manolito como nuestra mascota.

Úrsula empezó a vivir como lo que era, una jovencita. Todos nos hacíamos cargo del Manolito, ella iba a la universidad y alguno de nosotros lo cuidaba. Salíamos los fines de semana a hacer turismo interno, éramos un grupo muy diferente. Ella era vivaz, enérgica y muy inteligente. Le gustaba la fiesta y el baile, pero era muy responsable con sus estudios. Lo único que entristecía a nuestra amiga era que ningún chico la tomara en serio. Pensaban que como ya tenía un hijo era fácil llevarla a la cama y luego botarla. De eso ya sabía y no estaba interesada. Soñaba con encontrar un hombre que la quisiera a ella tanto como a su hijo. Primero pensó en esconder al niño. Creyó que, si el hombre se enamoraba de ella primero, luego amaría a su hijo, pero tampoco funcionó.

Una tarde en la que conducía hacia el apartamento después de ver a sus padres, se le reventó un neumático. Manolito iba sentado en la parte trasera y se golpeó la nariz. Úrsula salió del auto desesperada al ver al niño sangrando. Abrió la puerta y lo sacó en brazos. En ese momento una camioneta se detuvo y un hombre se bajó corriendo hacia ellos.

—¿Está bien el niño? —preguntó.
—Pues no sé —respondió—. Le está saliendo mucha sangre por la nariz.
—Cierre el auto, yo la llevo al hospital.

Úrsula dudó por un instante, pero al ver que Manolito lloraba sin consuelo se decidió. Se sentó con el niño recostando en su falda en el asiento de atrás. Iba consolándolo mientras el hombre la observaba por el espejo retrovisor.

—El Hospital del Centro es el más cercano —dijo para romper el hielo.
—Sí, está bien —respondió—. Puede dejarme allí.
—No tengo nada que hacer. Puedo quedarme con usted y llevarla a donde desee cuando den de alta al niño. Soy mecánico y si quiere mañana podemos ir a buscar el auto.

Ella se quedó en silencio. Pensaba que este era como todos los demás que sólo quería llevársela a la cama.

—No se preocupe —dijo—. Veré que hago.

Llegaron a sala de urgencias y ella insistió en que la dejara. Él ignoró su petición, aparcó la camioneta y se dirigió a la sala. Allí estuvo esperando por horas, sin desesperarse. Salió un momento para traer café a la madre y un juguete al niño. Úrsula por primera vez lo miró a los ojos y hasta le pareció guapo.

—Gracias —dijo esbozando una sonrisa —. Perdone, no nos hemos presentado.

—No se disculpe. Su hijo era más importante que las presentaciones, lo entiendo.

—Gracias por entender. Me llamo Úrsula —dijo extendiendo su mano.

—Soy Adrián —respondió tomándola con seguridad.

Atendieron a Manolito y le dieron un referido para que al día siguiente temprano lo llevaran al especialista.

—La llevaré a su casa y en la mañana vendré para llevarla al especialista.

—¿No es mucha molestia? —preguntó rendida.

—No lo es.

La dejó en el edificio y le dio su número de teléfono para cuando estuviera lista. Cuando llegó sus compañeros estaban preocupados porque no sabían de ella, pero cuando les contó, todos bromeaban sobre el mecánico. Ella se dio un baño y se acostó un rato, pero no durmió pensando en lo pasado en las últimas horas. Sonreía recordando a Adrián y se durmió pensando en él.

A la mañana se levantó temprano y lo llamó. Él le dijo que en unos veinte minutos los recogería y puntual estuvo.

—Buenos días, Manolito —saludó primero al niño—. ¿Cómo está tu mamá?

—Bien —respondió la voz infantil.

—Pues vamos a ver al doctor para que te cure.

161

La sonrisa del niño pareció aceptar. Llegaron al consultorio y se sentaron a esperar. Estuvieron un rato conversando. Supo que Adrián era hijo de madre soltera y que se detuvo a ayudarla, porque sabía muy bien lo difícil que era para una mujer criar sola.

—Manuel —llamó la enfermera—. Los papás pueden pasar.

Adrián y Úrsula se confundieron y rieron nerviosos.

—Ella va a entrar —dijo él.

Cuando salió Úrsula le dijo que todo estaba bien. Sólo había sido un gran susto por la cantidad de sangre que Manolito había perdido. Salieron sonrientes. Adrián con el niño en brazos.

De regreso a la isla

Ya es hora de que regrese a la isla. Allí donde está mi vida. Donde descansan mis sueños de niña y los despojos de mis abuelos. Quiero regresar y andar por el pueblo con un traje de primavera color de rosa, descalza sobre la hierba. Deshojar las margaritas hasta tener la respuesta que espero. ¡Me quiere! Oler las azucenas impregnando el ambiente zarandeado por el viento del Caribe. Quiero caminar por la playa, sentir la arena fina haciéndole cosquillas a mis dedos e ir a la orilla, mojarme los pies y mirar al sol de frente, aunque me queme las retinas. Quiero tatuar mis ojos con la inmensidad del mar, de ese azul inolvidable que me persigue de noche, cuando estoy dormida. Mi isla… mi terruñito.

Yo me impuse este castigo. Yo me enredé en este karma. Yo abandoné mi cuna, la hamaca en la que me mecieron cuando apenas caminaba, los paisajes recorridos una y otra vez. Vine a esta tierra extraña que consumió los huesos de mi padre y exprimió las memorias de mi madre.

Las memorias, mis memorias...

Andaba por el Viejo San Juan jugueteando con mi mejor amiga cuando lo vimos. Apenas teníamos quince años y esperábamos el amor, sin saber qué cosa era. Él me envolvió en el misterio de lo no conocido. Y me embriagó con palabras. Y me entregué al cielo del infierno, con los ojos cerrados, de tanto que confié. Ya no había marcha atrás. Hay cosas que cuando se pierden no regresan jamás. La inocencia se desprendió de mí y aunque la quise rescatar no fue posible. Hasta muy tarde supe, que no sólo se llevó la mía. Desfloradas quedamos las dos guardando un secreto inútil. Le quise sacar los ojos y arrancarle el corazón por robarse lo que era mío… y no era. Mi amiga —la única hermana que tuve—, se fue de mí porque me negué a escuchar.

Me hundí en una profunda depresión. Poner el mar en medio parecía la mejor alternativa. No confiaba en nadie: no existía el amor, no existía la amistad. Nada era lo que parecía. Me aseguré de que no volvieran a herirme y cerré mi corazón. Me encerré en mí misma y en los estudios, hasta hacer una carrera envidiable. En el pecho llevaba una piedra incapaz de sentir. Ocupé catorce horas de mi día en el trabajo. Hablaba lo necesario, encerrada en mi cubículo. No compartía con mis colegas, no sé si hablaban de mí, no iba a sus fiestas. En la noche, al apartamento: un baño, un libro y a dormir en la más absoluta soledad. La piel se me fue secando, tanto que parecía tener la misma edad que mi madre. Ella que rogaba porque algún día hallara el amor, se murió viéndome morir poco a poco. No me interesaba la ropa de moda, ni las canas que cundían mi cabeza. Yo me encontraba en compás de espera…tic tac, tic tac, tic tac… ¿Cuándo se acabaría este sin sentido? La isla vivía dentro de mí. Yo era una isla.

Ya es hora de que regrese a la isla. Tengo cáncer. No quiero tratamiento, ni dejar mis horas siendo un expediente en un hospital frío y solitario. Voy a vivir el tiempo que me queda haciendo las cosas que añoro. Buscaré a mi amiga y le pediré perdón. Caminaremos de nuevo por el Viejo San Juan y reiremos como antes. Pasaré horas escuchándola contarme sus historias. Me contentaré de saber que ella sí vivió. Y al final, moriré, sentada mirando el mar, oyendo el ir y venir de sus olas, rompiéndose sobre las arenas.

Y ya no estaré aislada.

La princesa al revés

Una princesa vivía en un país color verde, lleno de árboles centenarios y de arbustos multicolores. Flores como una paleta de pintor y de olores diferentes, perfumaban los aires con aromas deliciosos que alborotan los sentidos de los que allí vivían y de los que visitaban. De día, sus cielos azules claros, y azules profundos de noche, se adornaban con estrellas plateadas que con destellos iluminaban los ojos negros de nuestra princesa y le hacían imaginar otras dimensiones de ensueño. Su país era pequeño, una maqueta perfecta, llena de riachuelos frescos y piedras de diversas formas. Unas ranitas chiquitas —con un extraño cantar—, orquestaban en las noches las más dulces melodías, sustituyendo las nanas de los niños al dormir. El agua de su tierra era dulce, era salada, no necesitaba nada para que su piel fuera lozana. No hacía frío ni calor en esa tierra cristiana donde hacía mucho tiempo había vivido el indio, el español y el negro, y se había criado para siempre una raza que no bajaría la cabeza por nada.

Rodeaba la tierra dos océanos —al norte el Atlántico y al sur el Caribe—, hermoso mar que la princesa iba a mirar siempre que el corazón dolía y allí frente a él se llenaba los ojos de azul... azul turqués... azul marino. En el intenso azul, lanzaba todas sus cuitas y al dar la espalda sentía que le abrazaba la brisa. Ese mar parecía lleno de sirenas que de lejos la atraían con su canto y de allá, de otros mundos, la seducían gritando que había más de lo que había conocido. Ya no era suficiente hacer castillos de arena, ni dibujar su nombre en la orilla, ni caminar en la suave arenilla, tenía que caminar otras sendas, recorrer otros mundos, llegar a donde no había llegado, conocer lo no conocido.

Era simple la princesa, pero muy altiva también, como cualquiera nacido en la tierra del Edén, y sus alas que crecían ya no encontraban lugar en su tierra pequeñita para poder extender. Su tierra —le parecía—, que no podía contener la pasión que abrigaba su rebelde corazón. Cerró los ojos la princesa, no escuchó razones ni a nadie y dejó su tierra noble, para emprender su aventura, por tierras maravillosas donde podría volar y abrir grandes sus alas, en la gran inmensidad.

Llegó la princesa a tierras extrañas en un ave de acero, vestida con sus ropas bordadas de hilo fino y muy pronto sintió que se moría de frío, no sólo por el ambiente sino porque la gente la veía sin mirarla, como si no existiera. Sólo se fijaban en ella si es que abría la boca —para reírse—, pues hablaba muy gracioso. «Será una tonta», pensaban.

—¡Qué hablar tan ordinario! ¿De qué jungla habrá llegado este ser tan diferente? —preguntaban viendo su tez morena, su pelo largo azabache y sus ojos tan profundos que siempre miraban de frente —¿Por qué no baja la mirada? Eso hacen estas gentes.

No podían comprender a las princesas soberbias ni a los hijos del Edén. Tampoco que el que no debe y tiene su mirada limpia, no tiene por qué esconder los ojos. Y así fue como la princesa inició una hazaña, nada espectacular, en busca de aquellos sueños que las canciones engañosas de las sirenas le anunciaron.

—Hola, soy una princesa —dijo al hombre del mercado buscando trabajo en un lugar cercano que le atrajo por sus múltiples colores—. Yo sé recoger flores olorosas, mirar el cielo azul, contar estrellas, clasificar perfumes, comprar ropas de seda, escoger las de hilo fino ...

—What? Peerrrdóooooonnnnnn, Mira mija… I am sorry, but I guess your experience is not useful in this place.

—Pero señor, déjeme explicarle —contestaba la princesa toda estirada y sin perder la compostura—. Yo también se hacer castillos en la arena y dibujar mi nombre…

—¡Niña! Pero ¿en qué arena piensas tu hacer los castillos? Aquí no hay playa por lo menos en dos horas y media… ¡Go, go, sweetheart! —manoteaba el mercader—. Estás muy bonita, pero I'm so sorry, no vas para ningún lado…

—¿Cómo que no hay playa? ¿Cómo que no hay mar si yo lo veía en el ave todo el tiempo, desde el cielo cuando venía? ¿Dónde está el mar? ¿Dónde está mi mar?

Y así se fue nostálgica, pensando en su azul, azul turqués, azul marino, azul intenso, azul, siempre su azul.

La princesa obstinada como era, regresó al siguiente día a buscar al mercader.

—Señor...
—You?! Again?!
—Sí, mire señor. Yo soy una princesa. Yo ordeno. Yo hago que la gente me obedezca. Yo les digo lo que tienen que hacer y me hacen caso.
—Really?
—Sí, de verdad, señor, ya le enseño.

Corrió la princesita calle arriba, calle abajo. Miraba a las personas que pasaban y les mandaba que se detuvieran. La miraban como si estuviera loca. Su vestido de hilo fino, su pelo suelto, sus palabras que no entendían. Algunos se reían, otros la miraban con lástima, pero ninguno le hizo caso. La princesa se detuvo, se compuso y se tragó su fracaso. Regresó y le dijo al mercader:

—Lo que pasa es que no me entienden. De otro modo habrían obedecido.

El hombre miró a la princesa y con compasión sonrió.

—Go home girl, you are not made for this country.
—¿Cómo que no estoy hecha para este país? I am a Princess, and I will show everybody who I am.

Al próximo día la princesa se levantó de madrugada y se fue a un parque donde había muchos árboles frondosos y de muchos colores. Hacía un frío terrible que apenas resistía con su traje de hilo fino. Pero la princesa era necia y a nadie escuchaba. Pasó horas buscando ranitas chiquitas de las que cantaban la dulce canción con la que dormían a los niños en el Edén y que sustituía a las nanas. Pensaba que si las encontraba las podría vender al mercader. «Son muchas, son miles. Si logro encontrarlas tendré mucho dinero y tal vez podré comprar el mercado y sabrán que soy una princesa», pensaba. Estuvo buscando hasta que amaneció, pero no encontró ninguna. «¿Por qué no encontré ninguna? Son tantas...», meditaba.

La princesa decidió buscar en los libros. «Ranitas que cantan... Ranitas con canciones... Ranitas...», entonces encontró su respuesta. Encontró en unos libros dibujos de ranitas muy familiares para ella, de grandes ojos, largas patas y describían su canto particular —coquí, coquí—, el que sustituía a las nanas que dormían a los niños y supo que sólo estaban en un lugar del mundo: en su tierra, en su Edén. ¡Qué tonta había sido! Sus ranitas eran únicas en el mundo y ella no lo sabía.

Lloró mucho la princesita porque estaba tan inmersa en sus sueños, en los cantos engañosos de sirena que pensó que nada tenía. Creyó que aquello que tenía no era suficiente y menospreció su realidad. Allí donde se moría de frío del cuerpo y del corazón, extraño su Edén —sus colores, sus olores, sus sonidos—, todo lo que evocaban sus sentidos. Ella lo había tenido todo, había sido la princesa del Edén y se convirtió en la princesa de nada, una princesa al revés.

A la frontera

Rodrigo, casi un niño, dejó su casa de madrugada. Llevaba un bulto con algunos uniformes militares y artículos de higiene personal. Había terminado la escuela superior con mucha dificultad; decían que tenía problemas de aprendizaje.

—Pa' soldado sirves mijo —aconsejó el padre, que no sabía mucho de lo que aquejaba a su muchacho—. Después de to' es un honor para ti y la familia.

Así, en una mañana lluviosa y fría —de las que suelen ocurrir en cualquier estación del año en Texas—, Rodrigo dejó su hogar para buscar un destino útil y honorable. Lo esperaba un autobús blanco en el que subían cien chiquillos como ovejas al matadero, todos callados y muertos de miedo. La mayoría jamás se habían separado de sus padres, pero la necesidad y la falta de oportunidades sólo les habían dejado este camino. Había que convertirse en hombres y mujeres que sirvieran a la patria, al menos eso decía el eslogan del anuncio de la televisión en el que les invitaban a ser parte de algo más grande: el ejército de los Estados Unidos.

Seis semanas de entrenamiento: gritos de sargentos escupiéndoles la cara, aprender a comer rápido, disparar armas cortas y largas, comportarse o hacer lagartijas. Al final, la graduación en la que sus orgullosos padres los veían convertidos en otras personas, vestidos en uniforme de gala, marchando, rogando que no se les trancaran las rodillas y cayeran desmayados frente a todo el mundo. Rodrigo se convirtió en soldado y era como si toda la familia sirviera al país. Sirvió para algo, a pesar de las apuestas de que se rajaba al segundo día.

El presidente ordenó a las tropas ir a la frontera, desde California a Louisiana. A muchos les pareció una barbaridad que militarizaran la frontera con México, un país del que no eran enemigos. Igual enviaron a los soldados y a Rodrigo le tocó su primera misión, el lado del Río Grande. Con sus binoculares debía escudriñar la zona, impedir que algún emigrante intentara cruzar. Tenía órdenes de hacer lo que fuera para evitar el paso de esos bandidos que traían drogas y armas a los Estados Unidos.

Era de madrugada cuando Rodrigo escuchó unos pasos y unos murmullos. En aquella oscuridad temió por su vida. Tomó su arma con sus manos temblorosas y disparó. Disparó más de una vez, a diestra y siniestra.

—Para, para… ¡No dispares más! —gritó otro soldado.

Cuando encendió la linterna, a unos metros yacía el cuerpo sin vida de un niño pequeño. Al lado, una mujer herida con una criatura en los brazos, expiraba. Rodrigo miró al otro soldado quien vio la locura reflejada en sus ojos. Tomó la pistola y disparó tan rápido que el otro no pudo detenerlo.

Una ceremonia fúnebre se llevó a cabo con todos los honores: desfile, toque de queda y salvas alteraron la quietud de aquel cementerio en el que las almas de los soldados vagaban sin perdonarse.

La madre de Rodrigo lo abandonó allí —solo y sin más caricias—, llevando en los brazos que una vez lo cobijaron, una bandera estrellada.

Odio, dolor y sangre

Conocí a Lorenzo cuando tenía diez años. Desde entonces fue mi mejor amigo. En aquella época me gustaba andar descalza sobre la yerba verde. Me daba seguridad el olor a tierra húmeda y sentir bajo mis pies el barro haciéndome cosquillas cuando se metía entre mis dedos. Salía al campo corriendo, con la cara al viento. Cuando me detenía cerraba los ojos para escucharlo y preguntar si tenía algún mensaje para mí. Lo oía silbar contándome historias de hadas y príncipes encantados y que algún día uno llegaría a mi puerta con un zapato de cristal a pedir mi mano.

Me gustaba recoger flores para hacer una corona y ponerla sobre mis cabellos. Las olía primero y les pedía perdón por arrancarlas, pero ellas repetían que con gusto adornarían mi cabeza llena de pensamientos buenos. Una mañana, mientras hacía mi habitual paseo, encontré a mi amigo. Me sorprendió porque caminaba despacio y estaba herido. De inmediato sentí compasión por él y me acerqué sin temor alguno pues sabía que no me haría daño.

—No tengas miedo, estoy herido —dijo.

—Ya lo he notado y, además, no tengo miedo —respondí mientras me acercaba y lo tocaba con suavidad. Luego lo llevé al río para que tomara agua y para limpiar sus heridas—. ¿Qué te ha pasado? ¿Por qué estás herido?

—Vengo de muy lejos, de un lugar al cual no quiero regresar.

—¿No quieres? Pero, ¿qué tiene ese lugar? —pregunté intrigada.

—Mucho odio, dolor, sangre…

—No sé de lo que hablas… —dije con sinceridad pues en mi mundo no había visto nada de eso.

—Tú no tienes edad para saber de esas cosas.

—Cuéntame, por favor —supliqué en mi curiosidad.

—No quieras saber, niña. La vida misma te enseñará.

171

—Pero, ¿no tienes amigos? ¿Un amo?

—Un amo sí tenía, pero murió.

Ya no quiso hablar más. Cayó al suelo y se quedó dormido. No quise interrumpirlo pues se notaba que su cansancio era largo y viejo. Mientras dormía, me preguntaba qué le pudo suceder. No sabía su nombre, pero enseguida empecé a amarlo.

Escuché a mi madre llamándome para cenar y corrí antes de que despertara a Lorenzo. Comí rápido. Saqué una porción de pan y frutas y regresé a donde lo había dejado. Seguía acostado, pero con los ojos abiertos.

—¿Tienes mucho dolor?

—En el cuerpo no tanto, más es el dolor que tengo en el alma.

Instintivamente lo abracé y algo dentro de mí se estremeció de puro amor.

—No me has dicho cómo te llamas —dije.

—Me llamo Lorenzo.

—¿Te quieres quedar conmigo?

—Sí, quiero.

Caminó conmigo despacio hasta la casa. Cuando mis padres lo vieron lo recibieron con el mismo cariño que yo. Enseguida buscaron cobijas y un lugar cómodo donde se pudiera reponer. Me dediqué a alimentarlo y conversaba con él largas horas. Cuando sanaron sus heridas salíamos juntos a mi paseo de la mañana. Cabalgaba sobre él, alegre, y podía cerrar los ojos sabiendo que cuidaba de mí.

El tiempo pasó y con él me fui convirtiendo en mujer. Lorenzo era mi sombra, mi protector. Una mañana que venía de vuelta del río un hombre con armadura se acercó en un caballo. Mi amigo enseguida se inquietó y me miró, advirtiéndome que no me fiara. El soldado se bajó del caballo sonriendo burlón.

—Hace rato te estoy mirando y no he podido evitar acercarme —dijo—. Desde donde estaba podía percibir el olor de tu cabello.

—¿Y qué hace un soldado por estos lugares?

—¿No has escuchado que entramos en la ciudad?

—¿Quiénes han entrado? —pregunté ocultando mi preocupación.

—El ejército más poderoso del mundo —respondió—. Y he venido a incautar las tierras en las que vives con tus padres.

—¿Cómo sabes que vivo con ellos? No les harás daño, ¿verdad? Ya son viejos…

El hombre empezó a reír a carcajadas. Mientras más reía, más miedo sentía. De pronto vi a Lorenzo levantarse en dos patas y romperle el cráneo al soldado.

—¡Súbete! —urgió.

Cabalgamos hasta la casa y con horror vi a mis padres tirados en sendos charcos de sangre y sin vida. El dolor y la rabia se apoderaron de mí. Quería que los hombres que dañaron a mis padres pagaran por su afrenta.

—No, niña querida —me dijo Lorenzo—. Cuando me encontraste precisamente de esto huía. Al llegar a ti, toda mi vida pasada cambió con tu amor. No dejes que el odio nuble tu entendimiento ni corrompa tu corazón. El dolor poco a poco amainará y dejarás de sufrir.

Acaricié la crin de mi amado amigo y lo monté. Le pedí que me llevara a un lugar lo suficientemente lejos como para no tener que ver a mi enemigo. Lorenzo corrió hasta el lugar donde me conoció.

—Lorenzo, te dije que me llevaras lejos —reclamé.

—No importa a dónde te lleve, nunca te sentirás lo suficientemente lejos si albergas malos sentimientos en el alma y nunca estarás preparada para el amor. Es aquí donde encontré paz y en donde tú la hallarás.

Enterré a mis padres y por cada lágrima que caía sobre la tierra, una rosa blanca brotaba. Me quedé en el hogar en el que crecí rebuscando los buenos recuerdos para sanar y cada mañana, daba el paseo con Lorenzo hasta que encontré la paz. Ya estaba preparada para el amor. Fue entonces cuando conocí a Benjamín, un joven labrador que, aunque no traía una zapatilla de cristal, tenía —como mi padre— un alma noble y buena. Nos casamos y trabajaba la tierra que siempre nos daba de comer. Mi amigo le ayudaba en el campo hasta que envejeció.

Lorenzo murió en paz una mañana treinta años después de que lo conocí. Mi esposo y mis hijos me ayudaron a enterrarlo en el lugar donde lo encontré herido de cuerpo y alma hacía tantos años. Él me protegió del mal y me enseñó a sanar cuando estuve herida. Al igual que en la tumba de mis padres, mis lágrimas se convertían en rosas al caer sobre la tierra.

No lo extraño pues en mi paseo de las mañanas, lo escucho en el viento y siento su presencia en la tierra húmeda que me hace cosquillas entre los dedos. Algún día me esperará en el río y cabalgaremos juntos hasta su hogar.

Virgo a la venta

Caminaba despacio entre toda esa gente de abolengo con mi mejor sonrisa —la que tanto le gustaba a mi esposo—, Don Eduviges Montes de Villaseñor, el Gobernador del Estado. Me preparé para este momento toda la vida. Tomé clases de modelaje, inglés y otras artes que me serían útiles en el futuro, según me aseguró mi madre. Al menos —las de modelaje—, me sirvieron para que llevara ese vestido dorado, ceñido a cada curva de mi cuerpo y que enseñaba mis tetas, las que mi marido mostraba con orgullo a sus correligionarios y amigos.

Me repugnaba cuando me agarraba por la cintura como trofeo de feria y presumía de mi belleza y juventud. Como si no tuviera rostro, todos me miraban fijamente al pecho, lo que invariablemente provocaba una erección a mi querido Eduviges, quien me sacaba de la fiesta para darme un par de estocadas por el culo en par de minutos. No duraba más. Me reventaba tener que limpiarme ese embarre asqueroso. Tardaba más en asearme que lo que duraba el acto, pero ya me había acostumbrado. Retocaba el peinado y el maquillaje y salía del baño como si nada hubiera pasado, mientras el Gobernador se paseaba ufano para que todos vieran que todavía podía follar.

Eduviges tenía setenta años y mientras más lo miraba más asco me daba. Su vientre era tan grande que el pantalón sólo le servía debajo de la barriga. Sudaba como cerdo, sobre todo cuando «hacíamos el amor», aunque él no usaba precisamente esas palabras, era más prosaico cuando estábamos en la cama o en donde me cogiera. Era un viejo libidinoso, con todo y que me tenía, andaba manoseando a cuanta muchachita se encontraba por el camino. Supongo que a ellas también las habían entrenado para usar sus encantos, ya que todos en la ciudad conocían sus debilidades tanto como las conocía mi padre.

Mi madre me crio peinando mis rizos dorados con un cepillo de cerdas suaves todas las noches. Desde niña me acostumbró a usar cremas en todo el cuerpo, porque la piel hidratada se mantenía más joven. Me bañaba con agua fría, para que las carnes no se me aflojaran. Me dijo que mi virginidad era lo más valioso que tenía y me aconsejó que no la perdiera con nadie que no pudiera pagar su importe.

—Es una pieza de negociación, niña —decía muy seria—. Puedes salvar el patrimonio de la familia.

Jamás entendí exactamente lo que era la «virginidad» de la que mi madre hablaba. Cuando busqué información en línea, la respuesta no era muy alentadora. Leí, «virgen es la mujer que no ha tenido relaciones sexuales». Esa explicación no me ayudaba mucho. La otra respuesta — la científica— especificaba que era «la ruptura del himen de la mujer de cualquier modo». Cualquier cosa que fuera una ruptura —pensé— debía causar un dolor terrible. Así es que con esos datos me fue más fácil guardar la maravillosa joya que nos sacaría a todos de la más terrible bancarrota.

Cuando cumplí trece años, mi padre me llevó a un rodeo en el que iban a estar muchas personas importantes, incluyendo al señor Gobernador. Mi madre puso especial atención a mi vestimenta. Me puso unos vaqueros apretados, unas botas adornadas con diseños de color turquesa y una blusa ceñida. Había heredado el inmenso busto de mi abuela y según mi mamá era un atributo al que las mujeres siempre debíamos sacar partido.

Tan pronto me vio el lujurioso Gobernador, se acercó para verme de cerca.

—¡Qué hermosa jovencita! —dijo mirándome de arriba abajo, mientras mi padre, como un pendejo, le reía la gracia al anciano decrépito.

—¡Ve, hija! —insistió el viejo—. Busca el caballo que quieras y diviértete. Es más… —dijo mientras llamaba a uno de sus lamebotas—. Tráele el Pegaso a la niña —ordenó—. Seguro que estará encantada con él.

La semana siguiente una camioneta arrastraba el transporte de Pegaso hasta mi casa. Era un regalo. La bestia era hermosa, era cierto, pero no me agradaba quién lo enviaba.

—Está rete bonito ese animal —insistió mi madre quien se daba cuenta de mi disgusto—. Debes subirlo y pasear un rato. Después de todo ahora es tuyo, como lo será todo lo del Gobernador.

—¿Cómo que todo lo del Gobernador será mío? —pregunté confundida.

—Sí, mi amor. El Gobernador quedó tan impactado con tu belleza que ha pedido tu mano a tu padre.

—¡Madre, no quiero casarme con ese vejestorio!

—Marta, la vida es así —dijo despacio—. Las mujeres tenemos que sacrificarnos por la familia. Tú has tenido mucha suerte de que este hombre tan poderoso se haya fijado en ti y hasta haya pedido tu mano en matrimonio. Otras, sólo reciben unos cuantos dólares por su virginidad y luego a paseo.

—No puedo creer que me estés diciendo esto…

—Yo también tuve que aceptar la voluntad de mi padre, hija. Tu papá era de una familia de abolengo, pero no tenían dinero, y la mía, tenía dinero, pero no linaje, por eso se empeñaron en unir las dos familias. Pero cuando murieron nuestros padres, mi pusilánime marido, perdió la poca herencia que nos dejaron. ¡Sólo tú puedes salvarnos de la ruina!

No se habló más. Dos meses más tarde me casaba con el Gobernador, vestida de blanco como una verdadera virgen. La crema y nata de la sociedad se encontraban en la iglesia y la ceremonia estaba amenizada por el grupo de música norteña de moda. Yo sólo sentía horror por la dichosa ruptura de mi himen y por cuánto me dolería cuando el viejo barrigón se me tirara encima. Los demás hombres hacían bromas subidas de tono sobre el evento y mi padre, achantado, sonreía.

Cuando acabó la celebración, Eduviges se quedó fumando un puro en el balcón y me dijo secamente que subiera a la alcoba y me desnudara. Mi madre me había puesto en la maleta una bata virginal —de las que se usan en las noches de boda—, me la puse y esperé. Una hora después el hombre entró en la habitación borracho, sudado y apestoso.

—¡Te dije que te desnudaras! —dijo.
—Es que mi madre…
—¡Tu madre al carajo! Ahora eres mi propiedad.

Dicho esto, se me acercó y de un tirón me rompió la bata. Me empujó a la cama y me apretó los senos. Como un salvaje comenzó a chuparlos y a morderlos sin importarle que me hacía daño. Yo casi vomitaba de asco. Se agarró el pene y lo batió hasta que obtuvo una erección. Me haló hacia él para que lo pusiera en mi boca. Cuando vio que estaba dando arcadas, me tiró de nuevo, se subió sobre mí y en un par de estocadas acabó con mi dichosa virginidad. Sentía su sudor repugnante sobre mi cuerpo y entre mis piernas un líquido pegajoso. Él se levantó de la cama y salió de nuevo. Sentí alivio. Al rato regresó —aún más borracho—, y repitió la operación. Me sentía humillada, despojada de todo mi orgullo, pero no lloré. Desde ese mismo momento comencé a odiar a mis padres y al marido que me impusieron.

En estos cuatro años que he estado casada, Eduviges dejó de atacarme, salvo en las fiestas cuando quería demostrar que seguía perfectamente saludable y capacitado para violarme. Mientras, no se quedaba en el rancho. Prefería irse a la ciudad a pagar por la virginidad de otras niñas. Me acostumbré a salir a cabalgar a Pegaso, cuando lo hacía me sentía tranquila.

En esa época llegó Ramiro, el encargado de las caballerizas. Lo miraba desde la ventana bañando a los caballos sin camisa y sentía que se le enchilaba la sangre. Imaginaba su vientre plano sobre el mío haciendo el amor, de verdad. Esa mañana me puse unos pantalones cortísimos y una blusa amarrada sobre el ombligo. Salí descalza hasta donde estaba Ramiro.

—¿Ya bañaste a Pegaso?

—Sí, señora —contestó observándome, sintiendo que se le encandecían los sentidos —¿Quiere salir ahora?

—Quiero…, pero no quiero ir sola.

Ramiro que llevaba un tiempo observando a la mujer del Gobernador, no se hizo de rogar. Se puso la camisa, buscó a Pegaso y a otro caballo. Me ayudó a montar, poniéndome su mano en la nalga. Me estremecí, pero no me quejé. Cabalgué hasta un lugar en donde sabía había una casucha abandonada. Me bajé del caballo y sin mediar palabra entramos y por muchas horas dimos rienda suelta a nuestros deseos. Desde ese día buscábamos la hora de encontrarnos a solas. Le confié todo lo que había sufrido, cómo mis padres me vendieron y cómo el viejo me violaba.

—Tengo que deshacerme de mi marido, de mi padre y de mi madre —confesé entre lágrimas desesperadas.

Ramiro guardó silencio, tan largo que pensé que había dicho demasiado.

—Yo te ayudo —dijo finalmente.

Me sentía segura pues tenía un aliado. Conspiramos para matar a la gente que me destruyeron la vida. Esperamos una fiesta de esas en las que Eduviges acostumbraba a forzarme a tener sexo. Enviamos una canasta con un vino envenenado que se tomaría el viejo panzón y que compartiría con mis queridos padres. Yo tomaría una copa, pero no lo bebería. Todo salió exactamente como lo habíamos planeado.

Lloré amargamente durante el velorio. Insistieron en que dijera algunas palabras.

—He perdido a los seres más importantes de mi vida. Lucharé porque el asesino pague con la propia.

Las gentes gritaban enardecidas pidiéndome que ocupara el puesto de mi esposo. Sería la señora Gobernadora y haría lo que le viniera en gana. Por fin sería libre, todo lo demás sobraba.

En ese mismo momento la Policía llegaba con una orden de registro y allanamiento a la cabaña de Ramiro. Encontraron oculta entre sus ropas una botella que contenía el mismo veneno con el que asesinaron a mi familia. Lo condenaron a muerte por magnicidio.

No desearás la muerte

Héctor nació en la Ceiba, una ciudad portuaria en Honduras, nombrada así por una enorme ceiba que creció cerca del muelle y que con el tiempo cayó dentro del mar. En este lugar atestado de turistas, las playas privadas sembradas de majestuosos hoteles, eran prohibidas para los nacionales. Él nunca pudo jugar en la playa o hacer castillos de arena arrullado por la brisa del mar.

Héctor era un joven de aspecto aniñado, muy delgado, de ojos inmensos y expresivos, y una sonrisa que le iluminaba el rostro. Sus padres le dejaron a él y a otros seis hermanos al cuidado de su abuela mientras corrían tras el sueño americano. Una vez en los Estados Unidos se envolvieron en sus propios sueños y se olvidaron de sus hijos que soñaban con su regreso o que se los llevaran con ellos. Eso nunca sucedió. La abuela murió y Héctor siendo el más pequeño, quedó al cuidado de Luisa —su hermana mayor—, quien entonces contaba con dieciséis años.

Sus hermanos Aníbal y Andrés desesperaron de tanto esperar y decidieron unirse a las maras y cruzar todo Centro América para alcanzar el tren que los llevaría hasta sus padres, quienes ya ni se acordaban de ellos. Cruzaron selvas peligrosas entre extraños de otros países y se enfrentaron a los Zetas en sangrientas matanzas. Andrés fue secuestrado y torturado. Llamaron a Luisa y amenazaron con matarlo si no producía mil dólares. Ella trató de conseguir el dinero, pero de tanta pobreza nadie pudo hacer nada. Los Zetas llamaron otra vez a pedir el dinero y de nada sirvió que le suplicara por la vida de Andrés. Escuchó al otro lado de la línea la voz de su infortunado hermano gritando y clamando por clemencia. Luego un disparó y silencio. Andrés terminó en una fosa común.

Sólo Aníbal cruzó el Río Bravo. Cargaba un peso muy grande: haber abandonado a su sangre. Cuando los Zetas los rodearon, él corrió asustado hasta ponerse a salvo, dejando una parte de su alma con su hermano en manos de los asesinos. No miró atrás ni por un segundo, por eso se odiaba a sí mismo. La sangre de su hermano había manchado para siempre su existencia. No merecía vivir. Cuando llegó a los Estados Unidos se unió a las pandillas y luego de varios meses encontró la muerte entre el hambre y el frío de un crudo invierno.

Luisa se había ido a los Estados Unidos cuando su madre la pidió para ayudarla porque estaba enferma. Héctor se quedó atrás sin su hermana que había sido como su madre. Tenía miedo. Las maras lo acosaban constantemente.

—Héctor, te unes a la mara o te mueres —le advirtió uno de los criminales.

Tenía que huir de su amada Ceiba y cruzar la misma selva que sus hermanos. Tenía que llegar con su madre quien seguramente lo protegería y le ayudaría a conseguir la ciudadanía americana. Sólo tenía que llegar. Agarró muy pocas cosas, agua, un poco de comida en una mochila y partió de madrugada protegido por la oscuridad.

Evitó los caminos que recorrían las maras. Se escondía de día para no ser visto y no cansarse por el sol y caminaba de noche sin hacer ruido para que no lo notaran. Sus zapatos eran viejos y rápidamente se gastaron, y sus pies le sangraban de tanto caminar. Tenía que cruzar Guatemala hasta la frontera con México para llegar a la Bestia. Así llamaban al tren de Oaxaca, el tren de los emigrantes. Había escuchado de los peligros del viaje entre Ixtepec y Medias Aguas, donde los viajeros eran asaltados, lo mismo por las maras que por la policía corrupta. Ya sabía el camino, como debía saltar al tren sin perder sus piernas y viajar suspendido en los estribos para no asfixiarse dentro del vagón. Había varias vías para cruzar la frontera, pero él decidió que entraría a Texas a través de Matamoros. Caminó por caminos vecinales, entre árboles, escondido y presenció cuando los Zetas agarraban a un grupo de emigrantes salvadoreños y los pateaban hasta dejarlos tirados, casi muertos. Luego los acribillaban con ametralladoras, sin importarle si eran hombres o mujeres. Héctor lloraba en silencio sintiendo el terror de ser atrapado por esos criminales y le pedía a Dios que lo protegiera.

Finalmente llego al Río Bravo. Estaba a unas horas de alcanzar su liberación.

—Estás muy flaco, no vas a poder pelear con la corriente en ese estado. Come y descansa aquí esta noche —le dijo un viejo que se le apareció y le llevó a una choza donde le proporcionó un catre y comida. Héctor estaba rendido. Cuando despertó era la madrugada y buscó al viejo para agradecerle, pero no lo encontró por ningún lado. Sonrió un instante y se le figuró que el viejo era un ángel que seguramente le había enviado su abuela desde el cielo.

Ya le habían dicho que el río era ancho y difícil de cruzar y que la corriente de Matamoros era la más fuerte. Nadaba y se cansaba y muchas veces pensó en desistir.

«No desearás la muerte. Es pecado», pensaba. Llegó a la otra orilla y encontró una choza en la que había dos galones de agua y algo de comida enlatada fácil de abrir. Decidió quedarse allí mientras llegaba la noche para seguir caminando hacia Brownsville una ciudad fronteriza.

Era de tarde cuando se dio cuenta de que estaba cerca del mar y por primera vez pudo acercarse a la costa, dibujar su nombre en la arena y mojarse los pies con el agua como si fuera un chiquillo. Corría por la orilla dando saltos de alegría, sintiendo una libertad nunca antes experimentada. Esa noche durmió en la playa, detrás de una piedra, arrullado por las olas y la brisa del mar, apreciando la vida que iba a empezar y agradeciendo al Bendito por tanta felicidad.

Ya en los Estados Unidos Héctor tenía que evitar que la migra lo encontrara. También tenía que hacer algún dinero para llegar hasta Nueva York. Caminó en la madrugada hasta el puerto donde vio unos hombres trabajando y en su inglés elemental les preguntó si tenían trabajo. Los hombres se miraron unos a otros y se echaron a reír.

—No cuatito, si aquí no tienes que hablar el difícil —dijo uno de los hombres. Héctor sonrió y el rostro se le iluminó, aliviado—. Todavía estas mojado, niño. Y así Jack se presentó y presentó a sus amigos. Obviando la situación migratoria de Héctor, decidió ayudarlo y le consiguió un trabajo con el supervisor del muelle, quien se hizo de la vista larga y no le pidió papeles. Jack lo acogió en su casa donde le arregló un rincón y lo trató como un padre, asegurándose que comiera bien porque estaba muy flaquito.

Héctor era trabajador y dedicado. Varios meses más tarde, había reunido suficiente para llegar a Nueva York. Un día diez de septiembre se despidió de sus amigos y del puerto vistiendo ropas nuevas y zapatos atléticos, en camino a reunirse con su familia. Jack decidió llevarlo hasta Corpus Christi para evitar que se encontrara con la migra.

—¡Ay, ¡qué chingada! ¡Si ya estoy chillando como las viejas! —dijo Jack mientras lo abrazaba. Héctor caminó hacia su autobús y subió. Desde la ventana miraba a Jack que se había quedado esperando a que saliera y desde lejos, aún lo veía diciéndole adiós. Se acomodó en su asiento con una mezcla de melancolía y esperanza.

Dos días después y tres cambios de autobuses, llegó a la Gran Manzana. Se quedó deslumbrado por varias horas, mirando las luces y la algarabía de tantas gentes con rostros de razas diferentes. Tenía un papelito con la dirección de su madre y agarró un taxi que lo dejó en la entrada. Cuando llegó observó alrededor, sólo se veían estructuras sin vida. El de la dirección, era un edificio altísimo de ladrillos colorados. No tenía balcones, sólo ventanas, parecía una prisión. Desde allí no se veía el cielo ni las estrellas.

Había gente sentada en la escalera y apenas podía pasar entre ellos para alcanzar la puerta. Lo miraban con recelo, como que no era de allí. Él avanzaba y pronto encontró que el ascensor estaba dañado. Buscó las escaleras y empezó a subir con su ligero equipaje los doce pisos que lo separaban de lo que quedaba de su familia. De la emoción no agarró ni un descanso, sólo quería llegar a su hogar. Cuando alcanzó el piso doce abrió la puerta y allí estaba Luisa. Había envejecido mucho desde la última vez que la vio. Su pelo estaba canoso, parecía más flaca. Se lanzó en sus brazos y lloró.

Héctor preguntó por su madre y Luisa le dijo que estaba en la habitación. Héctor se dirigió al cuarto y allí estaba ella. Apenas la reconocía, él sólo tenía tres años cuando se fue. Ella lo miró con indiferencia y rechazó su abrazo.

—¿Qué haces aquí? —preguntó. Héctor sintió un inmenso dolor que le quebraba el alma. Tímidamente dijo que venía a trabajar y a luchar por hacerse ciudadano de este gran país. Le dijo que las maras lo habían amenazado y por eso decidió dejar la Ceiba.

—Mejor te habrías quedado allá, aquí casi no hay trabajo. Con la economía como está, da lo mismo morirse de hambre allá que acá—dijo secamente—. Además, yo no tengo dinero para mantenerte y mucho menos para pagarte los papeles.

El corazón de Héctor se hundió. Salió de la habitación rápidamente, destruido, sin palabras. Luisa venía tras él.

—No te preocupes. Tú eres mi niño, yo nunca te voy a abandonar—-dijo y lo abrazó.

Al otro día salió temprano a buscar trabajo. En muchos sitios le pedían los papeles y le decían que no se querían meter en problemas, las leyes de inmigración eran cada vez más severas.

Estuvo andando todo el día, sin suerte, y volvió al apartamento triste y desilusionado. ¡Qué falta le hacía Jack! Así estuvo varios días hasta que llegó a la bodega de un dominicano que le ofreció trabajo acomodando mercancía. Héctor que era muy trabajador aceptó de inmediato y agradeció a la vida. Llegaba muy temprano, recibía y acomodaba la mercancía con alegría. El dominicano se encariñó con él y le ofreció la oportunidad de atender la caja, lo que era un aumento de sesenta centavos por hora. Por supuesto que aceptó muy contento con su suerte.

Una tarde entró a la bodega una muchacha muy linda con una bebita en los brazos. Ella era menudita, con ojos muy grandes, el pelo largo y negro como el azabache. La miró, pero pronto desvió la mirada pensando que seguramente era casada. La muchacha agarró medio galón de leche, pan, dos huevos y una barrita de mantequilla. Fue a pagar y cuando Héctor le dijo el total, su cara palideció. Empezó a buscar en el bolso y sacó unos pocos dólares y dinero en cambio. No tenía suficiente. Con una voz tímida dijo que dejaría la mantequilla. Héctor se compadeció y le dijo que estaba bien. Que le haría un descuento y lo que tenía era suficiente. Ella lo miró a los ojos y él vio en su mirada limpia. Sonrió tímidamente, le dio las gracias y se fue. Cuando salió, completó el dinero y lo puso en la caja. El dominicano que observaba detrás de la tienda echó una carcajada,

—¡Ah tigrito, ya te tiraron el gancho! —rió. Héctor sonrió con sus ojos llenos de ilusión. Pasó más de una semana y no la volvió a ver.

El dominicano le dijo que había una fiesta en casa de unos parientes el próximo sábado y lo invitó.

—Tigre, pa que tengas un poco de *fun*, no todo puede ser el *job* —lo animó.

Salió de la bodega a las nueve de la noche. Fue corriendo al apartamento de su madre y allí la vio sentada en la sala y como siempre lo ignoró. Sólo se acercaba a él cuando necesitaba dinero. Tomó un baño ligero y se vistió rápidamente. El dominicano lo iba a esperar para llevarlo a la fiesta. Se encontraron frente a la bodega y se dirigieron a Brooklyn por el puente. Jamás había visto un puente tan enorme. ¡Qué lugar tan hermoso, todas esas luces y el mar abajo! El dominicano le contó que murieron varios obreros en la construcción, que el puente había sido el puente más grande del mundo por mucho tiempo y que muchas personas se habían suicidado en él. «No desearás la muerte. ¡Jesús! Eso es pecado», pensó. Continuaron el trayecto a ritmo de bachata hasta que llegaron a la casa del pariente. Estacionaron el carro y subieron una escalera hasta la entrada. El ascensor estaba funcionando. Menos mal porque la fiesta era en el piso catorce.

Tocaron la puerta y la abrió un ángel o al menos eso pensó Héctor al ver a la muchacha que fue a la bodega justo allí. Esther, había sido invitada a la fiesta por una amiga, que también era pariente del dominicano. La muchacha era madre soltera, producto de una violación cuando emigraba de México hacia los Estados Unidos. El coyote la dejó a la mitad del camino cerca de un árbol donde enganchaba como trofeo las pantaletas de las infelices que abusaba. Luego de acabar con ella, porque quería para sí su virginidad, la pasó a otros hombres malolientes y borrachos que la ultrajaron una y otra vez. No le importaron los ruegos de la casi niña, cuya abuela pagó un alto precio para que la cruzaran para estar con su madre. Cuando la pobre supo que había quedado embarazada, decidió tener la criatura sin importarle como fue concebida y se esforzaba por trabajar, pagar la renta y cuidarla, porque su pobre niña después de todo, no tenía la culpa de la maldad de aquellos hombres.

Esther era una mujer valiente, según le contaron al dominicano, y éste que conocía muy bien a su empleado, pensó que podía hacerle de cupido y con toda intención planificó el encuentro.

Así fue como se conocieron Héctor y Esther, comenzaron su historia de amor y de lucha por alcanzar un sueño, a falta de sueños en sus países de origen. Ambos aceptaron su pasado, lo apreciaron y lo respetaron porque fue la formación de las personas que eran en el momento en que se encontraron. No había secretos ni dudas entre ellos, sólo un gran amor nacido de la identificación entre dos almas que habían sufrido suertes similares. Poco después del encuentro decidieron casarse y enseguida vinieron dos niños que el dominicano bautizó con mucha alegría.

—¡La migra, la migra! — gritaban por las calles del Bronx—. ¡Se están llevando a los ilegales! —, anunció azorada la madre de Esther y a ella se le congeló el corazón. Puso al niño en la cuna, agarró su abrigo y salió corriendo sin decir nada. Bajó los nueve pisos llorando, temiendo lo peor. Cuando iba cruzando ya cerca de la bodega, vio varias patrullas de la policía y otras de inmigración. Se le desgarró el alma. Como si fuera un sueño y a cámara lenta, vio cuando sacaron esposados a Héctor y al dominicano. Vio cuando un agente de inmigración los empujaba y los metían en la parte de atrás de la camioneta donde estaban otros hombres que se miraban vencidos e indefensos. Héctor con sus ojos en el suelo, trataba de ocultar las lágrimas que ella veía desde donde estaba. El dominicano retaba con su mirada al agente y algo le decía que Esther no alcanzaba a escuchar. Se sentó desesperada a llorar a la orilla de la carretera. Siempre supo que este momento llegaría, pero mantenía su fe en el Dios del cielo, que pareciera haberse olvidado a los forasteros.

Al siguiente día, el dominicano apareció en su puerta. Dijo que tenía un citatorio para investigación y formulación de cargos por emplear a un indocumentado. Esther lo oía sin escucharlo. Tenía los ojos hinchados de tanto llorar. Nada entendía sobre leyes, investigaciones, ni cargos. Sólo quería saber la suerte de su esposo.

—¿Qué pasó con Héctor? —preguntó con la esperanza de que le dijera que volvería en unas horas. El dominicano le dijo que los separaron y que estuvo toda la noche preguntando qué iba a pasar con él, sin respuesta. En la mañana por fin un agente que era puertorriqueño y que parecía buena gente, le preguntó si era familiar de Héctor y que si así era, lo mejor era contratar un abogado a ver si le ponían fianza. Él le dijo que no, que él era sólo el jefe y que no sabía que su empleado era indocumentado. El guardia le dijo que se comunicara con la familia de Héctor y le dijera que buscara un abogado. Esther le pidió al dominicano que la llevara a encontrar un abogado. Él se excusó y le dijo que no podía porque había que abrir la bodega.

—Yo sólo vine a avisarte también tengo mi rollo —contestó molesto—. Esto me pasa por tratar de ayudar.

Esther no podía pagar un abogado. Llamó un grupo de ayuda a los inmigrantes y éstos le dijeron que tenían muchos casos pendientes, pero que les llevara la información, para ver que podían hacer. Pasaron los días y no pasaba nada. Llamó a la prisión y le dijeron que no había visitas hasta el sábado.

Ese día fue muy temprano a la prisión, la rebuscaron y finalmente la llevaron a un cuarto lleno de cubículos con cristales. Al lado había un teléfono. Espero por varios minutos y de repente se abrió la puerta. El hombre que entró en el pequeño cuarto y que podía ver a través del vidrio, no era el Héctor que ella conocía. Su sonrisa ya no iluminaba su rostro, más bien lo que miraba era un espíritu sombrío y sin luz en los ojos. Cuando lo miró de cerca tenía cardenales azules en la cara y en los brazos. Por un rato él lloró y ella, al otro lado del vidrio lloró con él. Tomaron el teléfono juntando sus manos a través del vidrio.

—¿Que te pasó? —preguntó ella.
—Nada, no te preocupes —respondió él.

Héctor prometió que iba a luchar su caso, que sus padres eran ciudadanos americanos, que escribiría al Consulado, que iba a salir de allí de cualquier manera. Esther lo escuchaba sin esperanzas, porque ya había hecho todo eso en persona, sin ningún resultado. Le dijeron que no se podía hacer nada porque los padres de Héctor no lo pidieron antes de cumplir diez y ocho años. Por piedad no se lo dijo.

Abrió los ojos en una habitación pintada de verde. Escuchaba ruidos de máquinas a su alrededor, tenía un tubo en su garganta. No sabía dónde estaba ni tenía recuerdos.

—¿Dónde estoy? ¿Dónde estoy?

Esperó un momento. Enseguida una enfermera le preguntó en inglés como se sentía. No sentía nada. No sentía su cuerpo, ni sus brazos, ni sus piernas. «Esto es un sueño del que no puedo despertar», pensó. Todo le daba vueltas, se sentía mareado.

—Where I am? —preguntó en inglés.
—Estás en el hospital —respondió con dulce voz la enfermera. Tuviste un accidente.

¿Un accidente? Deportación. Orden de traslado al estado de Texas para el último trámite, sentenció el juez de inmigración. Las voces, los espíritus me persiguen, se ríen de mí. Salí de la Ceiba buscando libertad. No quise hacer daño, no maté a nadie, no me junté con las maras. Ni siquiera me hice un tatuaje. Quería trabajar, buscar la libertad y alcanzar el sueño americano. ¿Por qué estoy preso? ¿Por qué me deportaban al país del que hui para no hacer mal? ¿Por qué me separaban de mi esposa y de mis hijos? No desearás la muerte, es pecado. Deportado, condenado y desesperado salté, recordó mientras las lágrimas bajaban por los lados de su rostro.

Héctor quedó cuadripléjico a los veinticuatro años.

La mejor decisión: vivir

Me dijeron que sería cosa de unos cuantos minutos. Que no sentiría nada con la anestesia. Me dijeron que era como un sueño y que despertaría un poco mareada y con un poco de molestia en el área de la incisión. Firmé unos documentos que leí rápidamente porque la enfermera se notaba con algo de prisa y decidí mirarlos por encima, como me habían enseñado en mi clase de lectura rápida, estampando después mi nombre en ellos. Les dije que no quería sangre ajena, ni que conservaran la vida ayudada por un tubo. Si era mi hora, era mi hora y punto.

Siempre había visto la vida y la muerte de esta manera. Me había hecho a la idea de que al morir mis seres queridos y mis mascotas estarían esperándome en el más allá, por lo que la muerte no me representaba un futuro tenebroso. Además, estaba convencida de que había cumplido con mis deberes terrenales y si era hora de partir lo aceptaría sin protestar.

Un simpático joven me llevó a una sala preoperatoria. Allí me explicó que me pondrían anestesia general y volvió a pedirme la firma. Este era el anestesiólogo, que al parecer no confiaba en los documentos que había firmado con el hospital. Me dijo que en unos quince minutos empezaría mi operación. Exactamente a los quince minutos un grupo de personas entraron en la habitación. Todos se les veía dispuestos a hacer su trabajo. El cirujano se acercó a mí, acarició mi cabeza y sonrió.

—La veo en un ratito —dijo.

Me levantaron con una sábana hasta la mesa de operaciones y allí quedé acostada y con un frío tremendo. El anestesiólogo habló con el cirujano en voz baja y éste asintió. Puso algo en mi suero. Mis ojos se cerraron poco a poco. Sentí cuando colocaron un tubo en mi boca.

—Bien, ya está dormida —escuché al cirujano decir—. ¿Qué hora es?

—Son las 7:35 de la mañana, doctor.

—Vamos a empezar. Alcánzame el escalpelo.

«Algo está muy raro aquí. Oigo todo. Siento todo. ¡Miren, yo estoy despierta!», pensaba intentando moverme infructuosamente. «¡Ayyyy!», sentí un pinchazo superficial.

—Sequen la sangre —ordenó el médico.

—¡Qué raro! —dijo la enfermera—, la presión sanguínea parece estar subiendo.

«Sí, como no…», intentaba gritar, «¿No se dan cuenta de que estoy despierta?».

Un dolor terrible iba desgarrando mi estómago. Sentía que me iban desgajando poco a poco.

—Dame las pinzas —ordenó de nuevo el doctor—. Nos falta poco para llegar al tumor.

«¿Pinzas? ¿Ahora me van a dejar todas las vísceras por fuera?», me dije, «Esto parece una película de terror, ¡carajo!»

—Sí, doctor… enseguida —contestó una muchachita con voz tan chillona que parecía que le estaban tapando la nariz.

—Noooo…. —dijo el médico frustrado—. Esto no tiene remedio. El tumor ha hecho metástasis. Le queda como mucho tres meses de vida.

—¿Y qué va a hacer doctor?

—Lo de siempre —contestó—. La familia tiene que creer que algo se puede hacer. Si les decimos que no podemos hacer nada será peor. Vamos a cerrar —suspiró.

«Con que nada... Auch, me duele... ¿Qué hacen? ¿Cosiendo? Deberían usar una aguja más fina. ¿Se creen que están zurciendo un cuero de vaca?».

Me pasaron a la camilla de nuevo y me llevaron al salón de recuperación. Cuando abrí los ojos estaban mis hijos y mi marido. Llamaron a la enfermera, quien a su vez llamó al cirujano.

«A ver con lo que viene el doctorcito...».

—Doña Josefa, ¿cómo se siente?
—Como si un grupo de estúpidos me hubieran abierto la barriga para nada.
—¿Ah?
—No me haga caso, doctor. Es que tengo un dolor horrible.
—Pues ahorita mismo le digo a la enfermera que le inyecte un calmante.
—Eso está muy bien... Pero, ¿cuál es el veredicto?
—Señora, tiene cáncer, pero ahora hay tratamientos muy adelantados con los que podría alargar su vida.
—Alargarla... ¿Cuánto tiempo?
—Varios meses...
—¿Cómo tres?

El médico se quedó turbado ante la exactitud del pronóstico de la mujer.

—No podría decirle...
—Yo sé qué hace su trabajo, doctor. Pero si me quedan tres meses de vida, no pienso pasármelos vomitando en un centro de tratamiento para cáncer.
—¡Pero mamá! —dijo el hijo mayor.
—Pero nada. Esto está decidido. No hay nada más que hablar.

Tan pronto salí del hospital y me recuperé, decidí viajar el mundo o por lo menos, todo lo que pude recorrer en tres meses. Pasó el bendito término de caducidad y todo el mundo decía que lucía más saludable que nunca. Hice y deshice sin que nadie me reprochara. Trabajé toda la vida y los ahorros eran míos. A ninguno tenía que importarle una herencia. Cada uno que arreé como lo hice yo.

Una noche me senté en mi escritorio y la pasé escribiendo cartas a mis hijos y a mi esposo. Les conté el extraño suceso del quirófano y por qué había tomado la decisión de vivir con intensidad lo que me quedara. Estoy agradecida por el tiempo extra que recibí. A eso de las cinco de la mañana me acosté junto a mi esposo. Al sentirme, se despertó.

—¿Qué pasa vieja? ¿Te sientes mal? ¿Quieres ir al hospital?
—No, mi ángel. Sólo quiero dormir contigo apretadita. Así como cuando nos casamos.
—Je, je —rió—. Siempre has sido muy pegajosa.
—Lo sé, mi amor. Lo sé.

Me acurruqué con mi marido, como dos palomitas al amanecer. Ni se dio cuenta cuando dejé de respirar.

Mi frasquito azul

Cuando eres muy niño no reconoces los colores. Los ves, por supuesto, pero no sabes lo que son. Igual pudieras ser un raro caso de daltonismo y te los perderías. Pero cuando los conoces, hay algo en ellos que incita tus emociones y terminas enamorándote de todos o tal vez de uno en particular. Luego alguien te introduce a su universo. «Hay colores primarios, secundarios y muchos más, tantos que a veces no puedes distinguir uno de otro, pero te aseguro que no todos son iguales», me dijo mi hermana mayor un día. Y me enseñó una cartulina que mostraba al amarillo, al rojo y al azul. Desde ese mismo momento me enamoré del azul.

Un domingo de primavera mi mamá me llevó al Viejo San Juan. Allí todo lo importante parecía ser azul, hasta el vestido de cancanes, que ella me había puesto para la ocasión. Caminé por los adoquines azules de la histórica ciudad, de su mano. No podía quitar mis ojos del suelo, mirando el contraste de mi color favorito con mis zapatitos blancos. Al llegar al patio del Castillo de San Felipe del Morro, contemplé un cielo límpido, de un azul muy claro y tan alegre como estaba yo aquella mañana.

Solté la mano de mi madre y me eché a correr. Ella, espantada, me vio subir por las nubes para alcanzar aquel azul, que deseaba conservar en un frasquito de perfume que llevaba en mi bolsito de encaje. La escuchaba gritar tras de mí, pero nada me importó. El cielo azul iba a ser mío. Desde lo alto miré hacia abajo y entonces creí que no podía haber nada más bello que el azul del mar, en todas sus tonalidades, desde el azul verdoso hasta el azul marino más profundo. Inicié mi descenso, oyendo a lo lejos las voces de mi madre, pero no podía detenerme. En mi frasquito podía echar al océano y llevarlo a mi casa para siempre. Me hundí varias veces, en distintos puntos, buscando el azul que más me gustara. Me decidí por el azul turquí, de ese modo tendría el color del mar, y el de las noches de mi cielo para mí, guardado para siempre en mi saquito de encaje.

Regresé junto a mi madre que estaba muy enojada por mi hazaña. La miré con ojos de ilusión y le pregunté si no era justo tener lo que más amabas en la vida. Su gesto cambió de inmediato, asintió y me abrazó. Cuando llegamos a casa quise enseñar mi azul turquí a mi padre y a mi hermana, pero ella me detuvo. «No abras tu bolsito, mi niña —dijo—. Tu frasquito debe permanecer adentro sin ser perturbado o perderá su color». Ellos estuvieron de acuerdo y guardé mi saquito, en una caja pequeña, en el lugar más apartado de mi armario. Ese día se dibujó en mi memoria como uno de los más felices de mi vida.

Pasaron muchos años y un día buscando alguna cosa, que no recuerdo, encontré la caja con mi bolsito de encaje. Lo tomé en mis manos y podía sentir el frasquito adentro. No sabía si sacarlo, pues recordaba la advertencia que entonces me había hecho mi madre. «Era una chiquilla entonces, ¿qué puede cambiar la ilusión de ese día?», me dije. Abrí el saquito y con sorpresa encontré que el envase guardaba algo semejante a un polvo de un azul turquí en su interior. La curiosidad pudo más y destapé mi tesoro. Como en una película, me vi niña otra vez corriendo sobre los adoquines del Viejo San Juan, recorriendo el firmamento, sumergiéndome y empapándome en el mar turquí, disfrutando de la experiencia como la primera vez.

Sonriendo, lo cerré. Ahora cada vez que me siento triste, regreso a mi frasquito azul.

Dejá vú

Yo estaba en aquella boda con un vestidito corto de estopilla amarilla, caminando entre la gente. Tenía poco más de siete años, según mi mejor recuerdo. Las muchachas corrían de un lado para otro con sus vestidos de satén color marfil y mangas largas de organza. Algunas eran tan jóvenes que usaban zapatos de tacón por primera vez. Las oí comentar sobre el magnífico ajuar que la novia llevaría consigo a su luna de miel y a su nuevo hogar. Hablaban de que su ropa blanca, camisones, batas, pañuelos y enaguas, habían sido bordados con sus iniciales por su propia madre. Las sábanas, toallas y manteles con el monograma de los futuros esposos, por las religiosas del Perpetuo Socorro. Cuchicheaban sobre lo que pasaría en la noche de bodas.

La novia nerviosa llamaba a la madre, quien guardaba la compostura ante tanto desorden. Le preguntaba si había metido en su equipaje sus peinetas de nácar. Ella acariciándole el pelo dulcemente, le aseguró que todo estaba en su lugar. Observó que su hija estaba ojerosa por no haber descansado lo suficiente la noche pasada a causa de la excitación que el matrimonio le provocaba.

—Ya es hora de prepararse para la ceremonia —dijo amorosamente.

Caminaron hacia una recámara inmensa, amueblada con muebles blancos y en la que había un maniquí con un precioso vestido blanco de seda, y aplicaciones que se prendían con azahares. Yo miraba por una rendija de la puerta. ¡Me quedé boquiabierta ante tanta belleza! La madre desabrochó el vestido con mucho cuidado removiéndolo del maniquí mientras la novia se quitaba la bata. Luego la fue vistiendo poco a poco. La sentó enfrente del espejo y le colocó una mantilla larguísima, más larga que el vestido. La besó en la frente y la ayudó a levantarse.

197

Una vez de pie, la tomó por ambas manos y la miró de pies a cabeza como para dar su aprobación final. Luego la abrazó muy fuerte. Salieron de la habitación y caminaron por un amplio pasillo, en donde las muchachas entre risas y juegos, se ponían en orden para desfilar. Una mujer les daba unos ramos de rosas blancas. A la novia le dio uno más grande de rosas rosadas, tules y azahares. El padre se acercó orgulloso, también la besó en la frente. Entonces caminó llevándola de su brazo. Afuera estaba el novio guapísimo con su traje, camisa blanca y un lazo negro en el cuello. Sus amigos esperaban con él también elegantemente vestidos. Una vez terminada la ceremonia empezó la fiesta.

Esta tarde mamá quiso enseñarme un álbum de fotografías viejas. Parecía que la nostalgia le hubiera ganado. Cuando iba pasando las páginas vi una foto en blanco y negro de la boda que tanto me había impactado cuando era niña.

—¡Yo estuve en esa boda! —exclamé emocionada.
—¡Imposible! —dijo ella—. No habías nacido. Esta era la boda de tu abuela.

No quise discutir con ella. Yo estaba segura de que había estado en esa boda. Miré la fotografía con detenimiento y allí, en una esquinita, estaba sentada con mi vestidito corto de estopilla.

A la casa de mis padres

Hoy es domingo y visitaré a mis padres. A mamá le gusta que me ponga bonita, así es que me pondré el traje amarillo y los zapatos blancos que compré el otro día para la fiesta de la universidad. Eso sí, no usaré mucho maquillaje, a ella no le gusta. Dice que parezco una máscara de carnaval. Ya estoy lista. Caminaré un poco hasta la parada de autobuses a esperar el que me lleva al barrio. Hoy siento una gran alegría de saber qué voy a verlos, aunque los vi el domingo pasado.

Este autobús está todo sucio, espero no dañar el traje. ¡Qué manía de la gente de poner los zapatos en los asientos! Bueno, este está mejor. ¿Cómo estará papá? La última vez no se sentía muy bien. Espero que hoy se sienta mejor. Estoy llegando. Le diré al conductor.

Está tan bonita la casa de mis padres, pintada de blanco y de rosado. Papá la construyó de madera de roble para que durara muchos años. Y así ha sido. Mamá cuida sus rosales con tanto esmero y papá siempre tiene el jardín podado y sin matojos. Las canastas colgando, siempre están florecidas de azucenas que embriagan con su olor toda la casa. Me gusta mirarla desde el frente. Sin cruzar la calle. Me gusta mirar el balcón que la rodea y en el que corrí tanto con mis hermanas, peleando por las muñecas. Ahora todas están casadas y yo me fui a la universidad. Papá y mamá se quedaron solos.

Cruzo la calle y subo las escaleras del balcón. Abro suavemente la puerta.

—¡Mamá! —digo alegremente. Y ella me abraza con cariño.

Me ofrece enseguida una sopa de pollo, de esas ricas que sólo ella sabe hacer. Yo le digo que por supuesto la quiero. ¿Qué otra cosa pudiera desear en el mundo, más que esas sopas de pollo? Miré hacia el sofá y allí estaba mi padre sentadito y como siempre en silencio, esperando su turno para mis mimos. Yo me acerqué y me arrodillé frente a él y le pedí la bendición.

—Padre, ¡qué mucho te he extrañado! —le dije.

Él sonrió y puso sus manos sobre mi cabeza y la acarició como cuando era niña. ¡Qué sensación de seguridad me da mi padre! Así pasé un rato con mi cabeza sobre sus piernas disfrutando de la paz de estar en la casa de mis padres.

—Ana… ven conmigo —alguien me agarra del brazo y me saca de la casa de mis padres—. Otra vez te escapaste… Rosa, gracias por llamar.

Regresando a papá

—¡Lucía, ven! Tu padre está muriendo —dijo la madre alterada del otro lado de la línea telefónica.

La mujer iba manejando y decidió regresar a la ciudad para acompañar en sus últimos momentos al hombre que toda la vida había sido su amigo, su guía, su salvador. Mientras conducía se agolparon mil recuerdos, tratando de salirse todos a la vez. Se veía a sí misma cuando apenas tenía dos años, acurrucada en el pecho de su padre. Recordaba cuando la sostenía en brazos para llevarla a la cama y la arropaba. Evocaba cuando la alimentaba, cuando la llevaba al colegio. Fue a él a quién le comunicó que le había llegado la menstruación y él fue quien le compró las primeras toallas sanitarias. Era él quien la buscaba a dónde fuera cuando tenía dolor y le ponía una bolsa de agua caliente para aliviarla. Fue él quien la recogió cuando regresó golpeada, cargando a un niño y se hizo cargo de los dos.

El padre había tenido una vida larga y buena. En contra de todas las apuestas, pues era viejo cuando Lucía nació, la crio a ella y hasta a su hijo. Su padre omnipresente y sabio. Siempre en silencio, cuando abría la boca, su consejo era como un mandato porque nunca se equivocaba.

—¿Lucía, me escucha? —preguntó la enfermera del hogar de ancianos.

La anciana asintió con una sonrisa en los labios mientras hacía una señal para que la enfermera se acercara. Como casi no la escuchaba, pegó su oído a la boca de la vieja.

—Mi padre ha venido a buscarme —musitó y enseguida expiró.

La última posesión

Aurelio Fernández camina por la acera de la Quinta Avenida de Nueva York. Es el verano de 1948 y el calor es asfixiante. Siente que le hierve la sangre y le falta la respiración. El vaporizo lo desespera, al punto de que siente latir sus sienes. Tiene dolor de cabeza. Apenas puede pensar en algo más que no sea un vaso de agua bien fría, pero tiene prisa por llegar a la estación del tren hacia Brooklyn. Son las nueve de la noche y ha trabajado todo el día. Le duelen los pies de estar parado esperando clientes en la tienda de zapatos. No se queja. Recibe un salario justo y tiene buenas condiciones de trabajo. Viste bien, con saco y corbata. Le dan descuento en los zapatos. Se le ve con muy buena pinta, lo que atrae mucho a las mujeres y por eso el judío dueño de la tienda lo considera su vendedor estrella.

Aurelio está muy orgulloso de su don de atracción. Todos los días se toma su tiempo arreglándose para causar buena impresión, sin embargo, es un hombre demasiado tímido para hacer un acercamiento. Tiene treinta y ocho años y todavía no se casa. No porque no tenga la oportunidad, sino porque no se atreve a comprometerse. Tiene miedo a la obligación, al hastío de la convivencia, al matrimonio. Esa noche en la que lleva prisa por subir al tren, se encuentra de frente con una joven alta y de ojos oscuros que le llama la atención. Ella tiene el cabello negro, largo y la piel morena. Es diferente. Está envuelta en un aura violeta y huele a rosas y alhelíes. Aurelio la observa por un momento. Ella siente que la mira, levanta los ojos, le sostiene la mirada y sonríe. Aurelio le devuelve la sonrisa. En la próxima parada del tren, ella se baja y no la vuelve a ver por un tiempo.

La próxima vez que la ve, ella entra en la pizzería donde Aurelio acostumbra a almorzar. Lleva el pelo suelto, los labios muy rojos y viste pantalones de mezclilla muy ceñidos al cuerpo. Huele a rosas y alhelíes y está rodeada por un aura violeta. Ella lo reconoce enseguida y sonríe. Él se levanta y baja la cabeza al saludarla, mientras se quita el sombrero. Le pregunta si quiere acompañarlo y ella accede. Aurelio siente algo que no puede describir por esta mujer. Es como si la conociera de toda la vida. Es alguien familiar, querida. Más aún, amada. La mira a los ojos con profundidad y ella lo mira de igual manera. Ambos se ríen.

—Y bien —dice Aurelio, como para romper el hielo—. Esta es la segunda vez que la veo. ¿Trabaja por aquí cerca?

—No —responde la joven—. Sólo estoy de visita. Estoy en casa de una tía para reponerme de una gran pérdida.

—¿Una gran pérdida? ¿De qué se trata? —pregunta Aurelio interesado.

—Es que mi padre falleció —explica—. Verás, mi padre era mi amor. Él y yo éramos muy cercanos. Vivíamos el uno para el otro. Cuando nací, ya él estaba mayorcito y pues, creo que fui su gran amor, como él fue mi primero. Me gustaba acostarme en su pecho para dormir cuando era chiquita. Jugaba con él a la enfermera cuando le dolía la cabeza, dándole baños de alcoholado —dice y se queda pensativa por unos segundos. Sonríe como recordando—. Hoy lo extraño mucho —concluye con tristeza—. Perdona, es tarde y tengo que irme.

Se levanta y Aurelio la ve irse pensando en lo difícil que debe ser para ella perder a ese padre que ama tanto. Está seguro de que ese hombre debe haber sido un padre magnífico si ha dejado una huella tan profunda en aquella hija. Tiene que haber sido un ser muy especial si su amor ha trascendido la muerte.

Pasan varias semanas y no sabe nada de la joven. Pasan las elecciones y Harry Truman va a ser presidente por un segundo término. Aurelio ve el invierno aparecer por las calles de Nueva York. Se pone su sobretodo y se dirige a la estación del tren como todas las noches. Espera el momento de volver a reunirse con aquella mujer que le roba el corazón. No sabe su nombre, ni donde vive, pero siente la necesidad de volver a verla. Siente una gran ternura por ese amor que ella le describe que siente por su padre. «Ojalá algún día tenga una hija que me quiera tanto», piensa. Está absorto en sus pensamientos cuando alguien le toca en el hombro.

—Hola —dice una voz muy dulce—. ¿Cómo has estado?

No necesita voltearse para saber que es ella. Su olor a rosas y alhelíes la descubren. Aurelio no se sorprende cuando la mira envuelta en su aura violeta y le sonríe alegremente.

—¡Qué alegría verla! —dice sin pensar que apenas podía ocultar su contento—. ¿Dónde había estado? —pregunta, ansioso.
—Es que he estado arreglando unos asuntos de mi padre. Ya sabes completando trámites.

Aurelio la invita a tomar un café en el *coffee shop* cubano de la esquina. Su corazón salta en el pecho de la felicidad por la suerte de volver a verla.

—Cuénteme, ¿de qué trámites me habla? —pregunta para continuar la conversación que iniciaron en la calle.
—Cosas que hay que completar cuando una persona muere. Es triste que para los otros, la muerte de mi padre se convierta en asuntos que resolver. Para mí, cada papel, cada carta, cada sobre, significa que lo pierdo un poquito más. No sé si alguien ha amado más a su padre, pero cada vez que hablo de él, se me rasga el alma. Sin él, algo me falta. Sin él, me siento indefensa, perdida. No hay nada, ni nadie que pueda ocupar el espacio que él dejó y por eso este gran hueco que tengo en mi corazón. Lo más doloroso ha sido liquidar su hogar, su última posesión sobre la tierra. Este representaba sus horas de trabajo, su esfuerzo, sus sacrificios. Es como si todo vestigio de su existencia hubiera desaparecido al vender esa casa —explicó mientras se echaba a llorar amargamente.

Aurelio levanta aquel rostro amado y la mira a los ojos con ternura, toma sus manos entre las suyas y dice:

—Se equivoca señorita, la última posesión de su padre es usted. Mientras usted y su simiente vivan, su padre seguirá existiendo. Su padre debió ser un hombre admirable. Ya ve, hasta yo lo admiro y no le conocí.

Al escucharse, Aurelio Fernández descubre que todo tiene un sentido. Conoce el valor de la paternidad y comprende que es necesario hacer el compromiso de formar una familia. Esa joven le ha enseñado la grandeza de un amor más grande que el amor de las mujeres. La grandeza de un amor puro y sin tiempo. Ella se despide aquella tarde y lo abraza. Le dice que ya ha concluido los asuntos de su padre y se va de regreso a su vida. Aurelio le abraza con respeto, con amor de padre. Ya cuando la ve alejarse le grita:

—¿Cuál es su nombre? ¿Cuál es el nombre de su padre?
—Su nombre era Aurelio Fernández —responde ella mientras le dice adiós con la mano.

El bolso color verde chatre

Lucía quería comprar un bolso de marca, de esos que eran carísimos, de los que deslumbraban a las demás mujeres y las hacían arder de envidia. Gastaba casi todo su sueldo en ropa, maquillaje y zapatos, pero le faltaba el bolso. Su imagen era todo para ella. Se levantaba a las cuatro de la mañana, corría cinco millas y se daba una ducha de agua fría, para asegurar que su piel no se resecara. Cubría todo su cuerpo con cremas, una para cada parte. La de la cara, que la protegía de los rayos solares; luego la del cuerpo, la de los pies y la de las manos. Se paraba frente al espejo para ponerse con cuidado su maquillaje, que por supuesto, tenía que quedar perfecto. Peinaba su cabello rubio platinado como el de Marilyn Monroe, que teñía cada semana, pues no le gustaba que le vieran el crecimiento. Sus pestañas y uñas eran postizas. También usaba lentes de contacto azules. Sus vestidos y zapatos eran de marca también, aunque era más fácil adquirirlos en ciertas tiendas a donde iban a parar cuando había exceso de inventario en las exclusivas, pero le faltaba el bolso. No se sentía completa.

Todos los días, Lucía pasaba por una tienda exclusiva para admirar los bolsos. Buscaba en EBay y en Amazon por una oferta. Había uno que le gustaba en particular, color verde chatre, de piel de lagarto, finísimo. Suspiraba cada vez que lo veía, pero apenas podía pagar la renta y se alimentaba con lechugas. Le decía a todo el mundo que era vegana, pero lo cierto era que no tenía para más con tanto gasto. No tenía forma de ahorrar y sus tarjetas de crédito no aguantaban más. La empleada de la tienda la miraba desde adentro, le parecía patética. Deducía que no tenía dinero para comprarlo, de lo contrario ya habría entrado hacía tiempo. Ella misma tenía una copia del bolso y estaba conforme con ello. A Lucía esto le parecía un sacrilegio, tenía que ser un original.

A veces soñaba que un millonario se enamoraba de ella y le regalaba el deseado bolso. La posibilidad de que eso pasara era mínima, pero un sueño era un sueño. Dormida pensaba en él.

Despierta su mente estaba ocupada sólo con la idea de poseerlo. En el trabajo pasaba horas dibujándolo, cada detalle, las líneas, el color verde que no combinaba con nada y que sólo por ser original, sería perfecto para llevarlo con todo. El bolso era su obsesión.

Una noche decidió que el bolso sería suyo. Se cubrió con un pasamontaña, ocultando su rostro. Esperó a que fuera de madrugada y llegó hasta la tienda exclusiva. Arrojó una piedra destruyendo la vitrina. La alarma sonó ensordeciéndola, pero no le importó. Ya había llegado muy lejos. Agarró el bolso, abrazándolo, acariciándolo, protegiéndolo como a un recién nacido. Corrió calle abajo, enloquecida de emoción antes de que llegara la policía. En la mañana, cuando llegó la empleada, enseguida supo quien se había llevado el bolso color verde chatre de piel de lagarto.

Nada dijo.

La custodia

—Puedes quedarte con lo que quieras. Con la casa, con la cuenta bancaria, con el carro. Si quieres, hasta con la colección de discos de Roberto Carlos, pero la custodia de Angie la voy a pelear hasta la Corte Celestial si es preciso —gritó Eduardo dando un portazo.

Era la última rabieta que hacía en lo que había sido su hogar durante los últimos ocho años.

—Me parece que los abogados deben reunirse con las partes y aconsejarlos sobre lo que es razonable en estos casos —recomendó el juez, harto de la controversia sobre la custodia—. Si me obligan a mí a resolver —dijo dirigiéndose a Alma y a Eduardo—, uno de ustedes perderá a Angie para siempre.

***

—Su Señoría, las partes han llegado a un acuerdo —expuso en tono triunfante uno de los abogados mientras el otro asentía a su lado con cara de imbécil.

—La señora Alma Acosta conservará la custodia y el señor Eduardo Martínez tendrá derecho de visitas los domingos de cada semana. Este convenio finiquita la controversia. Ambas partes se dan por satisfechas —concluyó.

El siguiente domingo Eduardo fue a ejercer su derecho de visitas. Tocó la puerta de lo que una vez fue su castillo. Alma abrió la puerta dirigiéndole una mirada triunfal. Angie corrió a su encuentro alegremente. Él se inclinó un poco para abrazarla, mirando a Alma con todo el odio de quien recoge las migajas.

Eduardo se dirigió al carro y abrió la puerta. Angie subió al asiento trasero, meneando el rabo feliz.

El funeral

Doña Dorotea Agripina Mercado Iturregui, soñaba con tener un majestuoso funeral. Para asegurarse de que así fuera, hizo un arreglo prepagado que incluía todo lo necesario para disponer de sus restos mortales. Ningún conocido había planeado con tanta dedicación sus propias exequias, pensaba ella. Todo estaba planificado al detalle: velorio, funeral y entierro. Hasta el epitafio de la lápida estaba encargado.

Tan pronto Doña Dorotea expirara, por supuesto rodeada de sus hijas, parientes cercanos y uno que otro amigo, la funeraria pasaría a recoger su cuerpo sin vida. Su hija, la favorita, entregaría el vestido que Doña Dorotea había elegido para la ocasión. Una mortaja blanca de seda, cosida con hilos dorados. También le entregaría al encargado de arreglar el cuerpo, una fotografía en la que pudiera apreciarse en detalle su maquillaje y peinado, cosa de que fuera compuesta debidamente para el evento.

Doña Dorotea había ordenado comida para quinientas personas, recordatorios y música. Debían velarla en la iglesia a la que asistirían todos los hermanos de su religión, quienes debían firmar con su nombre en el libro de visitas. Para su velatorio, había dispuesto un féretro de madera de cerezo acolchado en seda y terciopelo, con tiradores de bronce en el exterior para poder transportarla. Cuatro esculturas de ángeles guardarían las esquinas del contenedor, con cirios encendidos sobre sus cabezas. Cientos de rosas blancas, lirios y azucenas adornarían su tumba, mientras los mariachis acompañaban a los dolientes cantando *La golondrina*.

Doña Dorotea falleció un martes de madrugada, tomada de la mano de su hija. De la otra, la que no era su favorita. Las exequias se llevaron según la voluntad de la difunta. La favorita envió por correo exprés la mortaja con la foto para que estuvieran a tiempo. Se excusó del funeral porque tenía mucho trabajo. Los demás parientes, amigos y hermanos de la iglesia, afirmaron tener razones de mucho peso para tampoco asistir. Después de todo era día de semana. El religioso le preguntó a la hija qué hacer con tanta comida y con los recordatorios.

—Llévelo a los pobres en nombre de mi madre —contestó entre lágrimas.

Los mariachis iban tocando *La golondrina* mientras la solitaria hija marchaba hacia el lugar del final descanso de su madre. Una lápida de granito perlado marcaba el lugar en dónde estarían depositados los restos de Doña Dorotea Agripina Mercado Iturregui a perpetuidad, con un epitafio que leía:

«*Vanidad de vanidades, todo es vanidad*. Eclesiastés 1:2».

Un turista despistado

Peter Price había viajado medio mundo durante los años que sirvió a la Fuerza Aérea de los Estados Unidos. Había estado en las Filipinas, Australia, Hawái, Medio Oriente y otros muchos lugares, cumpliendo con su deber patrio, allá para los 80. Siendo miembro del ejército de la gran nación, se sentía dueño del universo y miraba a cualquiera que no fuera de su raza como a un ser inferior. Ahora pasados los sesenta años y después de su divorcio, quería iniciar su soltería visitando algunos lugares que veía en anuncios de la televisión y que, por su origen, le parecían exóticos. Quién sabe y en alguno de ellos encontraría a su próxima esposa: sumisa, amorosa y buena cocinera; con la que quería envejecer sin mucho drama. Se daba cuenta de que los años no pasaban en vano. Su cabello ralo, tanto como su inflada barriga, se lo recordaban todos los días. Pensando en ello, decidió partir a la pequeña isla de Puerto Rico, en donde hallaría a la mujer de sus sueños.

Peter tomó un avión que llegó en horas de la noche al aeropuerto de San Juan. Desde lo alto miraba las luces de los edificios de la capital con cierta sorpresa, pues no pensaba encontrar allí aquel nivel de civilización. Pensaba que los nativos vivían en chozas con pisos de barro, como en las Filipinas donde estuvo estacionado en su juventud.

Al aterrizar y salir de la nave, el aeropuerto se le hacía más grande que el de la ciudad de la que partió. Recogió el equipaje, salió a la calle y tomó el primer taxi disponible. Al llegar al hotel, intentó preguntar algo al taxista en español. El hombre lo vio tan enredado, que le preguntó en inglés en qué podía ayudarlo. Peter no podía creer que un aborigen dominara su lengua, pero se sintió lo suficientemente cómodo, como para pedirle que al día siguiente lo buscara para recorrer la isla.

—¿A dónde quiere que lo lleve? —preguntó el conductor en la mañana.

—Quiero ver toda la isla —contestó el orgulloso Peter con un mapa a escala en la mano.

—Mmm… ¿Toda la isla?

—Sí… Es muy pequeña. Miré en la red que sólo tiene cien por treinta y cinco millas.

—Ajá.

El chófer puso el taxímetro en la tarifa «especial» para viajes fuera del área metropolitana. Cuando salió de San Juan, decidió irse por la costa, que era la forma más rápida de recorrer la isla. Peter, muy molesto, lo increpó cuestionándolo por qué tomaba la costa, si era más cerca ir en «línea recta» hasta el sur, según su mapa y luego cubrir los puntos cardinales. El chófer se rió para sus adentros y se dirigió hacia el centro de la isla, donde la cordillera se traga a los turistas distraídos —y algunas veces hasta a los locales—, pudiendo alguien perderse por varias horas. «Este turista no tiene idea de para donde va» —pensó, cantando bajito y dejándose dirigir por el gringo. Después de pasar tres horas viajando por las empinadas montañas, por carreteras de apenas dos carriles, entre jaldas y riscos, y a punto de vomitar, Peter suplicó al taxista que lo llevara lo antes posible a la costa, dispuesto a seguir por esa ruta sin chistar.

Cuando por fin salieron del laberinto isleño, Peter estaba extenuado y furioso. Pidió al chófer que lo llevara de vuelta al hotel, lo que le tomó otro par de horas. De regreso a San Juan, pidió la cuenta del taxi y la pagó disgustado, despachando con enojo al taxista. Subió a su habitación y tomó un baño. Pidió la comida al cuarto, devorándola, pues no había comido nada desde el desayuno. Después de descansar un rato, decidió bajar al bar a tomar unos tragos para relajarse.

Estando en el pub se fijó en una rubia alta, curvilínea y bien vestida. «No es lo que busco, pero por qué no, he pasado un día terrible», se dijo. Le pidió al barman que le hiciera llegar una bebida de su parte. La chica respondió con una sonrisa, lo que dio pie a que se le acercara. Ella también hablaba inglés. Fascinado, estuvo charlando un rato, hasta que reunió el valor para invitarla a su cuarto. Ella aceptó gustosa, lo que excitó todos sus sentidos de inmediato. No creía que se le hubiera hecho tan fácil.

Ya en la habitación y sin mucho preámbulo, empezó a acariciar a la hermosa mujer, cuando se encontró con una sorpresa entre sus piernas. Colérico, le dio un bofetón y le gritó al transgénero, sacándolo de un empujón. Unos minutos más tarde, la policía lo arrestaba. No había notado la voz ronca que el mujerón tenía, explicó al agente, quien después de reírse de su despiste, le dio la oportunidad de salir, si prometía irse de la isla al próximo día.

De esta manera terminaron las vacaciones de Peter, quien tan pronto llegó a los Estados Unidos, demandó por dolo a la compañía que hizo el mapa, a la hotelera y a la Policía, pues en Puerto Rico, nada de lo que parecía, era.

El roba almas

No quería abrir la puerta y que alguno me robara el alma. Había ladrones que tocaban, te ponían cara de cordero y si les permitías entrar te quitaban la vida sin piedad. Así vivíamos. Con miedo.

Ayer estaba sola y decidí darme un baño de tina. Puse aceites aromáticos en el agua, que estaba bastante caliente. Comencé a sentirme muy relajada. Pensé que esa sensación era lo más parecido a estar en el vientre de la madre. Cuando estuvo fría, salí envolviéndome el cuerpo en una toalla blanca. Me gustaban las toallas blancas limpias y mullidas. Me sequé el cabello con el secador de mano y lo envolví en un moño para que no se me enredara. Me puse una camisa de dormir, de algodón blanco también, y me fui a la cama. Tomé un libro muy aburrido en el que había invertido ya algún tiempo y quise terminarlo a la mala. Era de noche, la luz de mi lámpara estaba tenue. Me había acomodado en la cama con dos almohadas. Sonó el teléfono, pero preferí ignorarlo. Al rato tocaron a la puerta. También lo ignoré. Enseguida volvieron a tocar y me preocupé por la insistencia.

«¿Quién podría estar tocando con tanta insistencia?», me pregunté. Miré el reloj y ya eran las once de la noche. Vi por las ventanas, pero no parecía haber nadie afuera. Regresé a mi cama y a mi libro aburrido. Fue cuando escuché el llanto de un bebé. «¿Un bebé? No, no puede ser». Hice silencio absoluto, apagué el abanico con el control remoto y de nuevo escuché el gemido. «Debe ser un gato», me dije.

Me acomodé de nuevo, abrí la página en la que me había quedado. Un llanto desesperado me interrumpió. Esta vez me di cuenta de que definitivamente era una criatura. Me puse una bata sobre la camisa de dormir y abrí la puerta con la cadena puesta. En el suelo había una caja de cartón con un niño o niña, que lloraba a todo pulmón. Quité la cadena, miré para todos lados, tomé la caja de cartón rápidamente y la metí dentro de la casa.

Pobrecita criatura, ya las hormigas lo estaban picando. Debía estar muy hambriento también. Entré en Amazon y pedí todas las cosas necesarias para entrega en dos horas. «¿Qué voy a hacer con esta preciosura?», me pregunté. Llamar a la policía sería entregarlo a quién sabe, lo harían parte del sistema y me parecía muy injusto. Quien lo dejó aquí, alguna razón tendría. No creo en las casualidades. Decidí poner un poco de agua en el lavabo para bañar a... ¡Era varón! Tuve que ponerle nombre, registrarlo. No quería devolverlo. Era mío. Lo llamé Gabriel.

Comencé a vivir para él, trabajar para él, planificar mi vida alrededor suyo. El chiquillo era mi razón de ser. Dejé de trabajar horas extras para estar a su lado. Ya no salí más con mis amigas. No me relacioné con ningún otro hombre. Gabriel era toda mi existencia. Me había robado el alma.

Celedonio, el hombre lobo

El hombre lobo se preparaba para su transformación nocturna. Se miraba en el espejo orgulloso de su frondosa melena y su barba castaño-rojiza. Estaba admirándose cuando escuchó en la televisión que la Luna —su Luna—, tenía un origen para él insospechado. Desde que era niño se había metamorfoseado una y otra vez sin ponerse a pensar en la vida pasada de quien consideraba su eterna enamorada. ¡¿Cómo que era un grupo de asteroides desprendidos en un choque de otro objeto con la Tierra?! ¡¿Cómo que los pedacitos se habían quedado dando vueltas alrededor del globo y eventualmente se habían unido hasta formar esta Luna que ahora se presentaba ante él tan tranquila?!

Molesto se dirigió al lugar en donde solía hacer su transformación.

—¿Desde cuándo me engañas, maldita? —dijo mirándola a la cara.
—¡Ah! Ya te fueron con el cuento —contestó ella observándolo desde arriba.
—¿Y ahora? ¿Qué hago?
—Lo de siempre. Conviértete en lobo.

El hombre lobo se puso en la posición habitual para su transformación. Estiró la espalda, levantó el culo y cerró los ojos esperando el cambio.

—¡Agrrrrr! ¡Joder! ¡No me puedo concentrar! —gritó después de un rato.
—¡Celedonio! —sintió una bofetada en la cara—. ¿Otra vez soñando que eres el hombre lobo?

Personaje de relleno

Soy un personaje de relleno. No tengo mucha importancia en la trama de este relato. Soy el barman. Ni siquiera tengo nombre. El escritor pudo haberme dado uno. Algo así como Pepe o Paco. Pero ni siquiera se tomó el tiempo ni me prestó atención, como para regalarme un apelativo. El héroe, viene a menudo a tomarse un trago. No tiene mucha imaginación. Siempre pide whisky con agua de coco. Desde que lo veo entrar al bar, sin que me diga nada, se lo preparo. Ni me mira. Lo bebe en silencio y luego me paga. Como es el personaje principal me da de propina lo que le parece, casi siempre el cambio que tiene en el bolsillo. Nunca se despide y se va. Sigo aquí hasta que se repite la escena. Nadie sabe lo que hago mientras espero. Me estoy cansando de este anonimato. ¿Qué sería de la historia sin mí? ¿Qué haría el protagonista si yo no estuviera y quisiera emborracharse? Claro, siempre puede tener una botella en la casa, pero es más dramático venir aquí, dónde estoy yo y humillarme con su arrogancia.

—Pero ¿qué ha pasado? —pregunta el protagonista mientras se pone la mano en el pecho, justo sobre su corazón.
—Estoy harto de ti. Acabo contigo —contesta el barman con la pistola todavía humeante en la mano.

Aurora

—Andi...

Andrés abrió los ojos. Era su voz, definitivamente. Nadie lo llamaba «Andi» excepto ella. Percibió su olor a rosas de Bulgaria y almizcle. Escuchó entonces su risa y también se rio. Era noche de luna nueva y todo estaba muy oscuro. Apenas se definían los muebles en la oscuridad. Se levantó rápidamente y tropezó con la silla. Todavía estaba adormilado, amodorrado.

—¡Carajo! —gritó tirándose de nuevo en la cama, agarrándose el pie por un segundo mientras se le aliviaba el dolor.
—Andi... —la escuchó de nuevo y decidió seguir su voz que parecía venir del salón. Se levantó con cuidado para no volver a pegarse con la silla.
—Aurora... —la llamó sin escuchar respuesta.

Caminó hacia el salón, abrió la puerta de su piso. No miró a ninguno de sus vecinos en el pasillo, ni contestó ningún saludo. Todo estaba en penumbras. Caminaba por instinto. Perseguía el olor de Aurora. Bajó las escaleras y abrió la puerta de la calle sin pestañear, guiándose por el recuerdo de dónde estaban las cosas. «¿Habrá decidido volver?», se preguntó. Todo había sido un malentendido.

Miró al infinito buscando alguna luz que le permitiera ver el camino, pero no había estrellas y parecía que el alumbrado de la calle había sufrido alguna interrupción de servicio. No obstante, Andrés continuaba decidido a encontrarla. Escuchó un ruido parecido al de botes de basura cayendo. Lo siguió y consiguió ver los ojos rojos y brillantes de un gato negro brincando sobre ellos.

«De noche, todos los gatos son negros», se dijo para calmarse el susto. Se dio cuenta de que estaba en un callejón sin salida. Escuchó su risa, la de Aurora, era ella, definitivamente. Olía a ella. Extendió sus brazos y abrió sus manos, tanteando en la oscuridad. La tocó. Era su piel suave como la de un recién nacido. Sabía que era ella y la atrajo hacia él.

—¡No sabes cuánto te he extrañado! —dijo besándola con ansiedad, buscando en su boca el perdón a todos sus pecados.

Mientras besaba sus pechos y se hundía en su vientre, una película rodaba en su cabeza, golpeándolo escenas confusas. Se veía a sí mismo metido en la cama con otra mujer, ni tan buena ni tan bella como su Aurora, pero que le ardía la sangre. Volvía de nuevo al callejón oscuro a los brazos de Aurora y a su olor y a sus besos con sabor a menta. Volvía a verse —horrorizado desde la cama—, mirando a Aurora que desde la puerta lo contemplaba con la mirada más triste que jamás había visto. Se levantaba desnudo no solo del cuerpo, también del alma, avergonzado de su estupidez, tratando de detenerla mientras ella bajaba la escalera sin mirar atrás, llorando de desilusión. Él en el callejón oscuro, le hacía el amor como un loco desesperado, desenfrenado. Ella callada, como un condenado a muerte sin esperanza.

—Andi...

Era Aurora, nadie lo llamaba así, solamente ella. Era su voz indiscutiblemente, pero sonaba tan triste. Abrió los ojos. Todo estaba tan oscuro, tan oscuro como cuando ella se fue.

La ambulancia recorría un tramo que a cualquiera podía tomar veinte minutos, en cinco. No veía nada, buscaba la luz, pero todo estaba en penumbras.

—Hombre, veintisiete años, accidente peatonal, trauma en la cabeza, sin signos vitales —escuchó Andrés a lo lejos.

«Es la televisión», pensó.

Alma

Ramiro no podía contener el llanto. Todos se habían ido dejándolo sumido en el más hondo y funesto tormento. Era mejor así. Ya no los soportaba. Era mentira que le acompañaban en el dolor o que se imaginaban como se sentía. Nadie tenía una puta idea del suplicio que le desgajaba el alma. Sólo pensaba en ella: en su rostro sublime, en sus manos mimosas. ¡Qué rabia! ¡Qué coraje! ¡Qué impotencia! No poder hacer ni cambiar nada. Todo estaba hecho. De nada le servía preguntarse por qué. Nadie se la devolvería.

Allí solo, miraba la lápida con el nombre amado. Alma… su alma. Era como si su nombre se llevara la suya consigo. Pasaron las horas y allí se quedó desolado. En su congoja se arrojó sobre la tumba y con sus manos arrancó la tierra que lo separaba de ella, de su Alma.

Abrió el féretro y se acurrucó junto a ella.

Era la noche oscura

Era la noche oscura. Tan oscura que la luna y las estrellas parecían haber desaparecido del firmamento. El calor sofocaba el cuerpo y el alma. Las gotas bajaban confusas. ¿Eran de sudor o lágrimas? La ropa molestaba, la piel más. Los mosquitos se aprovechaban de su cuerpo semidesnudo. Entre los ruidos de las plantas eléctricas, grillos y coquíes, se escucharon unos pasos. Una mano tibia se posó en la espalda de Edgardo. Él se sobresaltó. No esperaba a nadie a estas horas. Un dedo sobre sus labios calló sus palabras. Su corazón comenzó a latir aceleradamente. Sintió la presencia acercarse a su oído pasando su lengua por la oreja. El viento se desencadenó y pensó por un momento que se elevaba. Todo comenzó a estremecerse. El suelo, la hamaca y hasta la columna donde estaba amarrada.

Entonces escuchó una voz que le dijo:

—¡Bú!

Y su corazón se detuvo.

Índice

Made in the USA
Las Vegas, NV
19 October 2023

79185357R00125